KB113366

아무튼, 할머니

아무튼, 할머니

신승은

제철소

나의 할머니에게
당신을 생각하며 만든 노래를 바친다.

함미 자리끼

중학교 때까지도 난 이불에 쉬를 했었다
지금은 자다가도 벌떡 일어나
화장실을 가고 다시 잠이 들기 전에
물 한 모금씩을 꼭 마시고 온다

할머니는 주전자로 물을 마셨었다
손잡이가 달렸고 나처럼 작았다
이젠 그때 살던 집도 할머니도 주전자도
모두 투명해졌지만 이른 새벽 나는 목이 마르다

할머니는 욕을 잘해 만들어서도 했다
나에게는 한 번도 욕을 하지 않았다
애기 때는 할머니를 함미라고 불렀고
함미는 나에게 차미를 까줬다

함미는 나에게 차미를 까줬다

차례

그 양반 얘기만 하면 울어

점을 보러 갔다. 친구들이 전부터 계속 가자고 했었지만 한 번도 따라가지 않았다. 나는 그 돈으로 쌀이나 술을 사 먹는 것이 낫다고 생각했고, 점괘가 좋으면 좋은 대로 나쁘면 나쁜 대로 걱정이었다. 좋은 미래가 다가온다는 희망은 언제 상처를 가져다줄지 모른다. 나쁜 미래가 기다리고 있다는 절망은 예방해보려다가 불안증만 키울 것이다. 재미 삼아 몇 번 지인에게 타로를 본 적은 있지만, 친구들이 이번에 권한 건 신점이었다. 한 친구가 다녀오고 마음이 좋아져서, 또 다른 친구에게 추천했고 얼마 전 같이 다녀왔다고 했다. 평소처럼 친구들이 "갈래?" 가볍게 물었다. 난 그 당시 한창 힘든 일을 겪고 있었다. 가스라이팅에 대한 노래 〈가스등〉을 발표해놓고도 가스라이팅을 당했다. 억울하고 또 억울하다 보니 머리로는 그러면 안 되는 줄 알면서도 피해자인 나를 탓하게 됐다. 친구들의 물음에 "그래, 가자", 늘어날 대로 늘어나 훌렁 내려가는 바지처럼 말이 나왔다. 막상 간다니까 친구들이 조금 놀랐다.

　점집은 어린 시절을 보냈던 동네에 자리 잡고 있었다. 몸이 아프면 엄마와 함께 가정의학과 병원에 갔다가 근처의 칼국숫집에 들르는, 나름의 코스가 있었는데 딱 그 길이었다. 추억들이 바랜 색으로 떠올랐다. 시간이 많이 지났구나, 내가 많이 컸구나, 그래서 일하다가 이렇게 힘든 일도 겪는구나, 그때는 이렇게 생각의 꼬리가 항상 당시의 불행으로 이어졌다. 들어가면 뭔가 달라질까, 그런 기대도 없이 점집 문을 열었다.

무당 선생님과 가벼운 대화를 몇 마디 주고받은 뒤 신당으로 들어갔다. 대뜸 그분이 내게 신줄이 있을 거라고 하셨다. 그때 번득 우리 할머니 생각이 났다. 강한 인상과 꼿꼿한 허리, 작지 않은 키에 좋은 풍채. 몇 달에 한 번 '신흥머리방'에서 한 파마머리에 항상 좋은 냄새가 나던 우리 할머니.

나는 어릴 적 외가에 살았고, 엄마의 엄마인 할머니랑 세상에서 가장 가까웠다. 가족 구성은 대충 이러했다. 할아버지, 엄마, 창호 아저씨, 오빠 그리고 할머니와 나. 타지에서 일하던 아빠는 주말에만 가끔 와서 화를 내는 존재였다. 창호 아저씨는 어릴 때부터 같이 살았는데, 집안일을 돕거나 고장난 것들을 고쳐주곤 했다.

아무튼 초등학교에 가서야 아빠의 엄마인 친할머니를 디폴트 할머니로 부르고 엄마의 엄마는 '외' 자를 붙여 외할머니라고 부른다는 사실을 알았다. 나한테 할머니는 그냥 할머니였다. 우리 할머니는 미디어에서 흔히 그려지는 다정하고 인정 많은 스타일의 할머니가 아니었다. 거친 입담의 장난꾸러기였고, 때려 부수는 액션영화를 좋아했다. 할머니의 다부진 입술 사이에서는 걸쭉도 시원도 아닌 그냥 너무한 욕이 많이 나왔는데, 나와 외할아버지를 제외한 모두가 그 대상이었다.

어릴 적 나는 '함미'만 찾았다. 비디오테이프 영상 속 조그만 나는, 다른 사람 품에만 가면 미간을 찌푸린 채 되지도 않는 발음으로 "함미, 함미" 하고 부르면서 작은 손으로 할머니를 가리켰다. 거동이 불편한 할아버지가 모처럼 자세를 잡고 나를 안아주어도 나는 야속하게 "함미"만 외쳤다. 할아버지는 결국 할머니에게 나를 내주며 "쟤는 함미밖에 몰라" 입을 삐죽였다. 그 영상이 어찌나 재밌든지 보고 또 보고 그랬다. 그 비디오테이프는 이제 없다. 그때 살았던 집에서 짐을 다 빼기도 전에, 집을 허물어버리는 바람에 허망하게 사라졌다. 그게 있다면 할머니를 더 생생히 기억할 수 있을 텐데.

할머니는 어딜 가나 내 자랑을 했다. 목욕탕에 가면 사람들을 죽 앉혀놓고 내 자랑을 줄줄 한다고 동네 아주머니가 엄마에게 전화로 이야기하는 것을 엿들은 적이 있다. 아니 그 사람들이 알몸으로 모두 모여 내 자랑을 들었다니 지금 생각해봐도 할머니의 손주 사랑은 참 리더십 있고 웃기다. 한글을 빨리 깨우치고 말이 빨라 천재냐는 오해를 샀던 나는, 할머니에게만큼은 진짜 '천재'였다. 비디오테이프 영상에 그런 장면도 있었다. 할머니가 함박웃음으로 나를 안고 내 오른팔을 내 가슴 쪽에 가져다 대시면서 내 자랑을 하는 장면이다. 자랑 하나마다 내 팔을 내 가슴에 갖다 댔다. 약간 자랑 근력 운동 같은 거라고 해야 하나.

"우리 승은이, 인사도 잘하고, 착하고, 건강하고, 공부도 잘하고, 피아노도 잘 치고, 바이올린도 잘 치고, 인사도 잘하고, 엄마 말도 잘 듣고…." 자랑이 계속될수록 중복도 간간히 있었다. 그 비디오 테이프에 담긴 영상은 내 첫돌 풍경을 담고 있다. 그러니까 나는 공부를 할 수도, 피아노나 바이올린을 연주할 수도 없는 나이였지만, 할머니는 자신의 바람을 담아 장난삼아 그렇게 자랑을 했다.

할머니의 바람대로 나는 소위 말 잘 듣는 '똑쟁이'가 되었다. 유치원 시절 어린이 학습지 '눈높이'를 했는데, 매일 하루치의 분량을 단 한 번도 밀린 적 없으며 항상 그것부터 다 마치고 놀이를 했다. 내가 좋아하는 놀이는 퍼즐이었고, 퍼즐을 맞추고 있으면 어느새 할머니랑 창호 아저씨가 옆에 와서 같이 맞추곤 했다. 노안이 온 할머니는 퍼즐 조각을 잘 맞추지 못했고 그래서 나를 더더욱 신통해했다. 창호 아저씨가 잘 못 맞추면 애보다도 못 맞춘다고 욕을 했고. 할머니의 똑똑하고 말 잘 듣는 손녀는 식당에서도 병원에서도 떼 한번 안 쓰고, 눈물 한 방울 흘리지 않았다.

다시 신방으로 돌아가자. '신줄' 이야기에 내가 대뜸 할머니 생각이 난 근거는 아주 많다. 할머니는 신통한 꿈을 정말 많이 꿨다. 일례로, 어느 날 아침 갑자기 삼촌에게 "니네 아버지 묏자리 좀 가봐"라고 해서 가보니 누가 할아버지 묘지의 장식용 돌을 훔쳐 간 사건이 있었다.

"외할머니가 뭔가 좀 보세요"라고 했는데 선생님은 그쪽이 아닌 것 같다고 다른 쪽의 더 위라고 했다. 그래도 나는 우리 할머니 같았다. 선생님이 할머니 고향이 어딘지 물었고 나는 고개를 저었다. 이어서 선생님이 "바닷가래. 너 알려주란다"라고 하자마자 내 눈에서 눈물이 펑펑 쏟아졌다. 할머니가, 16년 전 돌아가신 할머니가, 꿈에 그렇게 나오던 할머니가 나에게 말을 건넸다고 생각하니 감정을 주체할 수 없었다.

나는 겨우 마음을 추스르고 선생님 이야기에 집중했다. 선생님은 내게 장장 두 시간 20분 동안 이런저런 이야기를 하면서 중간중간 궁금한 점이 없는지 물었다. 나는 당장의 힘듦이 좀 나아질지 묻고 상담에 가까운 대답을 들었다. 다음으로 할머니가 잘 계신지 알고 싶었다. 선생님이 부채를 펴고 방울을 만지셨다. "나갈 때 배꼽 인사 하고 가래." 그 한 마디에 다시 폭풍 오열이 시작됐다. 할머니는 어디 가든 항상 인사를 잘하라고 당부했다. 유치원 다닐 적, 할머니를 따라 한의원에 간 적이 있었는데 진료실에 들어가기 전 나에게 "선생님 안녕하셨어요, 하고 인사해야 돼. 안 그러면 의사 선생님이 쌍

년이라 그래"라고 말했던 게 아직도 기억난다. 의사 선생님은 그런 분이 아니었을 것이다. 할머니의 인사성 교육방식이 너무 갱스터 스타일이었던 것뿐. 아무튼 첫마디에 내가 펑펑 울자, 선생님은 "그 양반 얘기만 하면 울어…"라면서 진정할 때까지 기다려주었다. 그리고 천천히 그다음의 이야기들을 들려주었다.

그때 정말 할머니가 말한 것이었을까? 할머니랑 나에 관해 들려준 얘기 가운데 틀린 점이 없었다. 할머니가 나를 업어 키운 것과 할머니가 해준 음식 중에 유독 국물을 좋아했던 것 등등. 마치 할머니가 옆에서 말하고 있는 것 같았다. 특히 "다리가 미역 줄기처럼 흐늘흐늘하대"라는 말을 들었을 때는 어릴 적부터 마른 다리를 걱정하던 할머니 말투가 떠올랐다. '와리바시도 아니고 요지(젓가락도 아니도 이쑤시개)다'라고 말씀하시곤 했지. 하지만 무당 선생님이 전해준 말들에는 욕이 없었다. 그렇다고 해서 모든 것을 의심할 일은 아니었다. 이게 다 마음의 위안을 위한 거니까.

점집을 나오자마자 엄마에게 전화해 할머니의

고향이 바다 쪽인지 물었는데, 할머니는 '일산' 할머니였다…. 그리고 친가에 더 위쪽으로 무당분이 계셨단 걸 알게 됐다. 비록 우리 할머니가 신줄은 아니었지만 할머니랑 나 사이에 어떤 줄이 있는 것만은 분명하다.

할머니는 내 꿈에 자주 나온다. 말은 거의 없고 눈도 정확히 맞추지 않는다. 내가 연출한 단편영화 〈마더 인 로〉 촬영 전날도 꿈에 나왔는데 그날은 어쩐 일인지 말을 했다. 할머니랑 같이 살았던 집 2층에서 내가 영화를 찍는다고 복작이는데 1층에서 할머니가 "나중에 나도 이런 데 출연시켜줘" 했다. 할머니는 〈마더 인 로〉에 나왔을까? 황정은 작가의 단편소설 「대니 드 비토」를 엄청나게 좋아한다. 거기서는 영혼이 천장에 붙기도 하고 흘러내리기도 하고 고이기도 한다. 할머니는 언젠가 내 영화에 나올까? 천장에 붙거나, 흘러내리거나, 고여서?

〈마더 인 로〉는 그 전에 연출한 네 편에 비해 확연히 큰 성과를 가져왔다. 촬영 전날, 할머니 꿈만 꾼 건 아니었다. 내가 가장 좋아하는 감독님, 아녜스 바르다 감독님도 나왔다. 무슨 연관일까. 잘 찍고 싶은 무의식이 할머니랑 감독님을 불러온 걸까. 나는 무의식, 무의식, 거리는 심리학을 전공했다.

믿고 싶은 건 믿고 싶다. 내 무의식이 할머니를 끌어들이는 것이 아니라 할머니가 날 보러 꿈에 온다는 것, 무당 선생님을 통해 할머니가 나에게 잘 커줘서 고맙다고 한 말, 날 데려온 친구들에게도 고맙다고 한 말, 사후 세계, 쓰레기를 주우면 환경오염이 덜 된다는 사실, 내가 성실히 고민해 만들면 언젠가 누군가에게 가닿을 수 있다는 아직 검증 안 된 이야기 같은 것들.

무당 선생님이 몇 달 뒤에 어떤 남자가 도장을 들고 온다고 그랬다. 일이고 뭐고 아무것도 못 하고 누워만 지내던 나에게 갑자기 웬 계약인가 싶었다. 코로나 시국에 누가 나랑 계약을 하겠어, 내가 제작사에 시나리오를 보낼 것도 아니고, 앨범을 만들 것도 아닌데. 그 말만은 믿지 않았다. 그리고 몇 달 뒤 출판사 제철소에서 연락이 왔고, 어떤 남자와 계약을 하고, 도장을 찍고, 이 글을 쓰고 있다.

아무튼, 할머니였을까.

아무튼, 할머니가 아니다

호칭 정리부터 먼저 하고 가야 할 것 같다. 나는 어릴 적에 유관순 열사를 '유관순 누나'로 배웠다. '누나' 호칭을 쓰는 자는 남성이고 나는 여성인데도, 그렇게 부르는 남성 중에 막상 유관순 열사의 남동생은 없는데도 그렇게 배웠다. 요새는 배구의 신 김연경 선수에게 '우리 누나'라고 하더라. 실로 남동생들의 나라다.

남동생들의 나라에도 예외로 존재하는 공간이 있다. 바로 식당이다. 여기서는 모두가 조카가 된다. 하지만 고모는 없고 이모만 있는, 엄마의 자매가 기가 막히게 요리를 잘해 식당마다 계시는 나라다. 심지어 국내 맥주 광고에 나온 고든 램지마저 "이모, 여기 카스 하나요"를 외치게 만드는 나라다. 혹시 대한민국 요식업계 종사자분들 중에 고든 램지 이모님 계신가요?

누나, 이모 등의 호칭으로 유독 여성의 직업과 업적이 가려진다. 남자 직원에게는 삼촌, 외삼촌보다 사장님이라고 많이 부르지 않나? 안중근 의사는 안중근 형님, 오빠가 아니지 않나? 손흥민 선수 역시 우리 형 손흥민이 아니지 않나? 누나, 이모라는 호칭은 객체로서 존재한다. 남동생, 조카라는 주체로부터 불리는 수동적인 이름이다. 그저 친근하게 부르고 싶다는, 정겹게 느껴진다는 순수하고 나이브한 이유 하나로 직업인으로서 여성은 객체가 되어버린다.

그런 내가 '할머니'에 관해 책 한 권을 쓰게 되었다. 손주가 주체인, 젊은이가 주체인, 객체적 호칭 '할머니'에 대해서. 할머니라는 호칭으로 내가 존경하는 사람들을 묶어서는 안 된다. 그럴 수는 없다. 누나, 이모, 엄마, 국민 여동생에 가려지는 것이 너무 많다.

일례로 나는 이 책에서 아녜스 바르다 감독님에 대해 이야기할 것이다. 하지만 바르다 할머니여서가 아니라 노년 여성이 되어서도 계속 작업을 한, 내가 가장 존경하는 감독님으로서 말할 것이다. 『아무튼, 할머니』에는 할머니라는 이름으로 가려지곤 하는 노년 여성의 이야기들이 많이 나올 것이다. 내가 과연 할머니라는 호칭으로 그들의 업적과 직업을 지우지 않고 잘 이야기할 수 있을지 몇 날 며칠 고민이 되었다.

노년 여성을 친근하게 이르는 말인 할머니가 아니라 몇 꼭지는 '아무튼, 위대한 노년 여성'으로, 아니 '아무튼, 아녜스 바르다' '아무튼, 누구' 그 자체로 읽히길 바란다.

16+16=32

할머니는 내가 열여섯 살 되던 해에 돌아가셨다. 그리고 16년이 지난 지금 나는 서른두 살이 되었다. 내년이 되면 할머니와 함께한 시간보다 할머니 없이 보낸 시간이 더 많아지는 셈이다. 기억이 흐려지는 게 무섭다. 비디오테이프는 포클레인에 무참히 박살 났지만 글로 최대한 상세하게 적어, 읽히는 사진첩을 만들고 싶다.

무슨 이야기부터 해야 할까. 그래 할머니 하면 욕이지. 할머니와 창호 아저씨는 만화 속 콤비 같았다. 할머니는 항상 창호 아저씨를 갈궜고, 아저씨는 항상 "에이, 왜 그래요 진짜"라고 반응했다. 하루는 집에서 다 같이 감잣국을 먹는데 할머니가 킥킥대더니 갑자기 창호 아저씨한테 주먹 감자를 먹이면서 웃음이 터졌다. 주먹 감자는 다른 손으로 주먹을 싹 썻어 내미는 동작으로, 가운뎃손가락에 맞먹는 욕이다. 할머니는 아마 그 장난을 칠 생각에 진작부터 웃음이 새어 나왔던 거겠지? 나는 당시 그게 뭔지 몰라 할머니에게 물어보았고, 할머니는 친절하게 "응, 감자 먹이는 거야"라고 대답했다. 엄마는 왜 애한테 그런 걸 알려주느냐며 할머니에게 뭐라 하고, 창호 아저씨는 "에이, 밥 먹는데 왜 그래요 진짜"라고 했다. 초등학교 시절 현대문학 작품들을 읽다가 '감자를 먹인다'는 표현을 만났을 때 그날이 생각나 무척 반가웠다.

말이 빨랐던 나는 아기 때부터 말장난을 좋아했다. 창호 아저씨는 바둑왕 이창호처럼 이 씨였다(별개로 아저씨는 장기만 뒀다). 나는 아저씨의 성인 '이'가 숫자 '2'처럼 느껴져서 '한 꼬마, 두 꼬마, 세 꼬마 인디언' 노랫말에 맞춰 '일 창호, 이 창호, 삼 창호 인디언'이라고 바꿔 부르기 시작했다. 사, 오, 육, 칠, 팔, 구를 지나 마지막 '십 창호 인디언 보이~'라고 노래하자 할머니가 너무 행복해하면서 깔깔깔 웃었다. 한 번 더 하라고, 십 창호 한 번 더 하라고 했다. 난 이유도 모르고 신나게 불렀다. 그 발음이 욕인지도 몰랐지만 발음이 강해질수록 할머니가 흥이 나니 그렇게 했다.

엄마는 나랑 오빠가 욕 잘하는 할머니를 보고 배울까 불안해했다. 할머니의 쌍욕 → 엄마의 '애 앞에서 왜 그래' 타박 → 할머니의 '내가 틀린 말 했어?'의 패턴은 시트콤처럼 반복되었다. 같이 차를 타고 가다가 누가 끼어들면 '급살 맞아 뒤질 놈'이라고 했다. 이 뜻 또한 나중에 알게 되었다. '살이 끼었다'고 할 때 '살' 중에 가장 무서운 살이 '급살'이라고 한다. 생각할수록 할머니의 욕은 정말 너무했던 거 같다.

초등학생 때 손주와 할머니의 이야기를 다룬 영화 〈집으로…〉가 개봉했다. 친구들과 함께 보러 갔는데 당시 내 기준으로 나쁜 친구, 착한 친구 모두 다 펑펑 울었다. 나도 울었지만, 영화 속 할머니를 보면서 조금도 우리 할머니를 생각하지는 않았다. 너무 다르니까. 우리 할머니였으면 당연히 코미디였겠지. 사람들은 인정 많고, 그저 손주밖에 모르는 가슴 아픈 할머니의 이미지에 열광하는 것 같다. 나도 열광해서 눈물을 흘린 거겠지만 뭐. 욕쟁이 할머니 김수미 배우의 〈헬머니〉도 결국에는 신파로, 가슴 아픈 할머니 이야기로 흘러간다. 그니까 그런 극영화 속 할머니들에 단 한 번도 우리 할머니를 대입해본 적이 없다.

비단 욕 외에도 할머니만의 말들이 있었다(어렸을 때 나는 그게 다 욕인 줄 알았다). 밝고 까불까불한 성격의 엄마를 두고 할머니는 항상 '저년이 또

홍캄을 찐다'고 했다. 이 표현의 정확한 의미는 이 글을 쓰면서 그 당시에는 없었던 노트북, 인터넷, 검색을 통해 알게 되었다. 홍캄은 홍감의 경상도 방언인데 '넌덕스러운 말로 실지보다 지나치게 떠벌리는 짓'이라고 나와 있다. 호들갑 떤다는 말과 유사한 듯싶다. 일산에 살았던 할머니는 왜 경상도 방언을 했을까.

갈치는 항상 '칼치'였고, 배드민턴은 '배뜨민뜨', 참외는 '차미'였다. 할머니가 저녁에 깎아주는 과일에서는 이따금 할머니의 로션 맛이 났다. 딸기의 무른 부분은 빨간색이 아닌 분홍색이 된다. 할머니는 나에게 딸기를 줄 때 그 부분을 다 도려내고 주었다. 엄마는 그냥 주는데. 어린 맘에 할머니가 건네준 구멍 난 딸기를 먹으며 엄마보다 할머니가 나를 더 사랑한다고 느꼈다.

집 밖에 나가는 것을 유독 싫어하던 나의 성격과, 집 밖은 위험하다는 엄마의 과잉보호가 만나 나는 놀이터 한번 안 가본, 집에만 있는 아이로 자랐다. 다른 가족보다 집에 있는 시간이 많은 할머니와 함께 하루의 대부분을 보내면서 할머니의 장난

기와 애정을 온몸으로 흡수했다. 열한 살 때 할아버지가 돌아가셨다. 이 글을 쓰기 몇 시간 전 꿈에 할아버지 초상화가 벽 가득 등장했는데 이 이야기를 하려 그랬나. 나는 할아버지가 돌아가시면 온 세상 사람들이 차례로 다 죽을 줄 알았다. 할아버지를 너무 사랑한 할머니가 따라서, 할머니를 너무 사랑하는 엄마가 따라서, 나도 따라서, 이렇게 도미노처럼 다 죽을 것이라고 생각했다. 그것이 그 당시 내가 생각하는 사랑이었나 보다. 하지만 할아버지의 장례를 치르고 어린애들은 살 꽂힌다고 돌아 있으라고 하며 할아버지를 무덤에 묻는 날까지, 이전까지 늘 상냥했던 친척들이 할아버지의 재산 문제로 찾아와 화를 내고 놀란 내가 밤에 오줌을 쌀 때까지 아무 일도 일어나지 않았다. 할아버지가 돌아가시고 나는 할머니 방으로 갔다. 할머니가 외로울 것 같았다. 나는 그날부터 할머니랑 한방에서 잤고, 엄마 몰래 할머니랑 밤늦게까지 텔레비전을 봤다. 주로 외국 액션영화를 봤는데 할머니의 한글 읽는 속도에 비해 자막은 늘 빨랐다. 내용을 놓친 할머니가 나에게 "저 새끼 나쁜 놈이야?" 물으면, 나는 좋은 놈인지 나쁜 놈인지 잽싸게 대답했다. 엄마가 오는 소리가 들리면 나는 후다닥 할아버지 침대로 뛰어가 자는 척을 하고, 할머니도 얼른 텔레비전을 끄고 모른 척했다. 엄마가 "쟤 안 자고 테레비 봤지!" 하면 할머니는 아니라고 딱 잡아뗐다. 눈 감고 자는 시늉을 하는데 어찌나 웃음이 새어 나오던지, 매번 걸렸다.

글을 천천히 읽으셨기 때문일까. 아니면 할머니의 독특한 박자 감각 때문일까. 자유로운 박자를 뜻하는 '루바토'라는 음악기호가 있다. 할머니는 '루바토' 할머니였다. 할머니의 18번(할머니와 숫자 18이 함께 붙으니 다르게 들린다)은 나훈아의 〈울고 넘는 박달재〉였고, 18번임이 무색하게, 아니 트로트임이 무색하게 할머니의 박자는 재즈 그 자체였다. 점점 느려져서 나는 노래방에서 몰래 박자가 느려지는 버튼을 눌렀지만 한 번도 정확히 맞지 않았다. 할머니의 박자는 그 묘한 중간에서 고무줄처럼 늘어졌다가 말았다가를 반복했다. 첫 어절이 '천둥산'인데 시작부터 단추는 잘못 끼워졌다. "천두우우우웅사아아아아안—" 할머니가 부르면 그다음 어절인 '박달재'는 낮잠 자는 토끼처럼 기다렸다.

이탈리아어인 '루바토'는 '도둑맞다' '잃어버

리다'를 뜻한다고 한다. 글을 배우지 못한 할머니들이 글을 배우는 다큐멘터리 영화들이 있다. 옛날에 여자는 글을 배우면 도망친다고 해서 안 가르쳤다고 한다. 우리 할머니의 교육권도 그렇게 '루바토' 된 것일까.

이런 개인적인 추억 이야기를 누군가가 과연 읽고 싶어 할까. 이제야 걱정이 되기 시작하지만 동시에 조금씩 더 많은 기억이 떠오른다. 그리고 꼭 적어두고 싶다.

당뇨와 고혈압이 있었던 할머니는 아침저녁으로 당과 혈압을 쟀다. 기계 속 뾰족한 바늘이 할머니 손끝을 콕 지르면 피가 났고 그걸로 당 수치를 측정했다. 그러고는 찔린 부분을 알코올 솜으로 깨끗이 닦았다. 어느 날은 덜 따가워하고 어느 날은 더 아파했다. 그런 날엔 옆에 있던 내가 다 따가웠다. 할머니가 숫자를 말하면 내가 수첩에 적었다. 책임을 다하는 기분이 들었다. 할머니가 적을 때는 숫자가 컸고 내가 적을 때는 숫자가 작았다. 확연히 누가 적었는지 알 수 있는 숫자들이 사이좋게 수첩에 모여 할머니의 건강을 체크해줬다.

당뇨가 있는 할머니는 운동을 하기 위해 항상 노력했다. 집 앞 골목길에서 배드민턴을 치기도 하고, 삼촌이 사준 탁구대에서 탁구를 치기도 했다. 잘 안 되면 어김없이 욕이 튀어나왔지만 승부욕에서 비롯된 분노의 욕이 아니라 그냥, 그냥 욕이었다. "에이, 시펄" 하고 말해버리는 그냥 욕. 할머니의 욕은 악의가 없을 때가 많았다. 한번은 삼촌이 러닝머신을 사줘서 할머니가 기계 위를 한참 걸었다. 근데 기계가 싸구려였는지 문제가 생겼다. 할머니가 속도를 높이는 버튼을 눌렀는데 그게 그만 꽉 눌려버려서 안 빠졌다. 띠! 소리만 나고 말아야 하는데 띠띠띠띠띠띠! 하면서 속도가 계속 빨라졌다. 어떡해! 나는 그 모습을 실시간으로 보고 있었다. 어떡하지…. 달려가려는데 할머니가 빨라지는 속도만큼 펄펄 뛰었다. 우아, 할머니 진짜 빠르다. 기계더러 미친놈이라고 욕을 하면서도 끝까지 뛰는 할머니를 보면서 진짜 강하고 멋지다고 생각했다.

지병이 있는데도 할머니는 담배를 태웠다. 할아버지는 할머니가 담배 태우는 것을 엄청 싫어했고 할머니는 몰래 태웠다. 나는? 망을 봤다. 할아버지가 오는 것 같으면 휘파람을 불었다. 덕분에 나는 아주 어릴 적부터 휘파람을 잘 부는 아이가 되었지만 야속한 담배 냄새는 단시간에 사라지지 않았다. 그러면 할머니는 '창호가 폈다'고 둘러댔다. 실제로 흡연자이긴 했지만, 창호 아저씨는 번번이 억울해했다.

할머니랑 있으면 웃긴 일이 참 많았다. 오줌보가 터질 것 같을 때 화장실까지 달려갈 스피드와 참을 수 있는 자제력이 지금보다 약했던 나는 종종 바지에 오줌을 싸버릴 정도로 웃었다. 뭐가 그렇게 웃겼는지는 생각이 잘 안 난다. 방구에 관련된 사건만 두어 개 어렴풋이 방구 냄새처럼 어른거릴 뿐이다.

할머니 방에 얽힌 추억이 많다. 아빠가 화를 내면 할머니 방에 엄마, 오빠, 나 다 같이 쪼르르 숨었다. 할머니는 그때 성문을 지키는 대장 같았다. 할머니 방 화장실에 있던 노란색 큰 빗은 빗살 사이가 내 손가락이 들어갈 정도로 넓어서, 엄마 빗하고는 달리 머리를 아무리 빗어도 아프지 않았다. 할머니는 외출 전 머리에 '구리뿌'를 말았다. 그것의 쓰임을 모르던 나는 찍찍이들이 저들끼리 붙어 있는 모양새가 그저 웃겼다. 할머니는 손발톱도 항상 방에서 깎았다. 파란색 고양이 그림이 있는 빨간색 파우치에서 손톱깎이인 '츠메키리'와 손톱을 가는 '야스리'를 꺼내 모두 사용했다. 할머니 침대 머리맡에는 자리끼 주전자가 있었다. 할머니는 주전자 주둥이에 입을 대고 물을 마시곤 했는데 그때마다 혀를 살짝 먼저 내밀고 마셨다. 그걸 식구들이 따라 해서 한바탕 웃기도 했다. 할머니의 자리끼는 내가 마셔본 그 어떤 물보다 맛있었다. 할머니는 그 찻물을 '리네아차'라고 했는데 아무리 검색해봐도 리네아차가 무엇인지 찾아지지 않는다. 그 물맛은 다시 느낄 수가 없다.

내가 열세 살 때쯤 예전 집을 나와 삼촌이 살던 아파트로 이사를 갔다. 나, 엄마, 오빠, 아빠가 함께 살고, 그 앞집에 할머니랑 창호 아저씨가 살았다. 중학교에 진학한 뒤 친구들하고 노는 데 재미를 붙이면서 할머니랑 있는 시간이 한집에서, 앞집 거리만큼 늘어났다.

할머니의 운동은 아파트 단지를 도는 것으로 바뀌었다. 너무 추운 날에는 우리 집과 할머니 집 문을 다 열고 신문지를 깐 다음에 집의 끝과 끝을

왔다 갔다 했다. 다시 한집인 것 같아서 그게 그렇게 좋았다.

할머니는 갑작스럽게 찾아온 심근경색을 이겨 냈다. 하지만 이내 암이 발병했고, 치료를 해도 전이가 되고 또 암세포가 발견되고는 했다. 아빠는 나 보고 할머니랑 뽀뽀를 하지 말라고 했다. 나는 너무 서운하고 화가 났다. 암이 무슨 뽀뽀로 옮나. 쪽쪽, 할머니한테 뽀뽀를 더 신나게 했다.

어느 날은 할머니가 돌아가신다는 연락을 받고 온 식구가 황급히 병원으로 모였다. 할머니의 숨이 진짜 넘어가고 있었다. 엄마! 할머니! 어머니! 어머님! 다들 막 울면서 소리치면 할머니가 겨우 저승에서 이승으로 돌아오고, 그 과정을 몇 번 반복하다가 다행히 무사히 이승으로 오셨다. 할머니가 잠에 들고 다음 날 개학이던 나를 엄마 아빠가 집에 데려다주었다. 집 앞에 홀로 멍하니 서 있었다. 눈이 하얗게 내리고 있었다. 나는 서울에서 가장 단지 수가 많고 입주민이 많은 아파트에 살았는데, 그 눈 오는 새벽은 나 홀로 사는 것처럼 참으로 고요했다. 왜인지 모르게 신발과 양말을 벗었다. 맨발로 눈을 밟았다. 그러면 할머니가 건강해지실까. 염원과 두려움이 발에 닿은 눈만큼이나 차가웠다.

하루는 할머니가 하늘하늘한 원피스를 입고 싶다고 했다. 할머니가, 그것도 어린 나에게, 뭘 입고 싶다고 한 적은 처음이었다. 혼잣말이었겠지만 나는 할머니가 그렇게 말한 것이 처음이었기에 더더욱 꼭 사고 싶었다. 나 홀로 백화점에 갔다. 교복을 입고 혼자 그곳에 있는 것 자체가 어색했지만 용기를 내 옷 파는 가게마다 들어가서 물어보았다. 하지만 일백 개의 물건이 있다는, 없는 것 빼고 있을 건 다 있다는 백화점에도 칠십대 노인이 입을 수 있는 하늘하늘한 원피스는 존재하지 않았다.

할머니는 그해 11월 11일에 돌아가셨다. 나는 친구랑 노느라 할머니랑 시간을 덜 보낸 게 속상하고 죄책감이 들었다. 그 분노는 친구에게 돌아갔으며, 나는 돌연 친구를 아는 척도 하지 않았다. 근거 없이 타인에게 상처를 주면서 나는 또 나대로 엉엉 울었다. '돌아가실 나이가 됐다'라고 말한 애가 있었는데 걔에게도 분노를 품었다. 근데 다 소용이 없었다. 분노가 지나고 나서 슬픔은 오래 천천히 잔잔

하게 찾아왔고, 지금은 보고 싶고 사랑하는 마음으로 남은 것 같다.

다들 누군가를 그리워하면서 살겠지? 산다는 건 점점 그리워할 것이 많아지는 일 같아서 갑자기 무서워진다. 잘 기억하면 되겠지. 16+16+1인 서른세 살이 되어서도.

마지막으로 할머니에게 당신이 떠나고 난 이후, 당신은 모르는 16년에 관한 이야기를 들려드리고 싶다.

*

작가가 꿈이었던 저는 노래를 만들고 기타 치면서 부르는 사람이 되었어요. 두 장의 판을 냈어요. 할머니가 좋아하던 액션영화 쪽으로는 머리가 하나도 안 돌지만 영화도 만들어요. 짧은 영화 여섯 편을 찍었고 긴 것도 찍고 싶어요. 극장에 걸리면 보러 와주세요.

4년 전부터 집을 나와서 살고 있어요. 할머니는 술을 입에도 못 대셨는데 저는 술도 제법 마셔요. 그리고 살림도 잘하고 요리도 꽤 잘해요. 저는 채식주의자가 되었어요. 우유도 달걀도 안 먹고 건강하게 잘 지내요. 겉절이를 했는데 할머니 맛이 난 적이 딱 한 번 있어요. 그 이후로는 그러지 못했어요. 된장찌개, 수제비, 미역국은 기본, 손 많이 가는 냉이, 달래, 호박잎도 다 잘 다뤄요. 제법 맛있을 때, 할머니도 한번 맛보시면 좋을 텐데, 내가 이렇게 컸다고 기뻐하실 텐데 싶어요.

언젠가 꿈에 제가 할머니에게 된장찌개를 해드렸어요. 할머니가 정수리가 보일 만큼 고개를 밥그릇에 묻으시고 열심히 드셨어요. 제가 그 모습을 턱 괴고 바라보며, 내가 이제 다 커서 할머니 된장찌개를 해주네, 했는데, 기억나세요? 안 나시면 그냥 꿈이었나 봐요. 할머니 꿈을 자주 꿔요. 엘리베이터 악몽을 자주 꾸는데 할머니랑 같이 갇힌 날은 처음으로 구조되었어요. 나쁜 꿈에서는 가끔 옛날 집 할머니 방으로 도망쳐요.

할머니가 옛날에 비디오 영상 속에서 "인사도

잘하고, 공부도 잘하고, 엄마 말씀도 잘 듣고, 피아노도 잘 치고…" 이렇게 말씀하셨던 것처럼 다 잘하는 사람은 못 되었지만, 여러 가지 일을 하는 사람이 되었어요. 노래를 만들어 부르고, 영화도 찍고, 이렇게 글도 쓰고 하면서요.

소중한 사람에게는 딸기의 분홍색 무른 부분을 도려내고 줘요. 친구들이 억울한 일을 당하면 욕도 팍팍 하고요. 그럼 친구들이 저보고 '함미'라고 해요. 제가 할머니 얘기를 많이 하거든요.

저 잘 살고 있는 거겠죠? 할머니는 제 비밀을 다 알고 계시겠죠? 보고 싶어요.

할머니는 꿈을 꾼다

신방에서 '신줄'이라는 단어에 내가 할머니를 떠올린 근거는 무지하게 많다. 어릴 적 점심을 먹고 나면 식탁에 둘러앉아 할머니의 이야기를 듣는 시간이 있었다. 멤버는 주로 할머니, 창호 아저씨와 나였고, 종종 실내악단 일을 마치고 온 엄마가 점심으로 나온 김밥이나 빵을 들고 와 합류하곤 했다. 할머니는 옛날이야기도 들려주고 괴팍한 이야기도 해주었는데, 때때로 꿈 이야기를 하기도 했다.

하루는 사촌 오빠가 입시를 보던 날의 꿈 이야기를 해주었다. "저─ 높은 절벽에 ○○가 올라가서 할머니! 할머니! 하고 손짓하는데!(아, 여기까지는 정말 좋았다), 아니 이 새끼가 그냥 뚝 떨어지는 거야." 요즘도 가끔 그날이 생각나 푸럭, 하고 웃음이 터지곤 한다. 오늘의 첫 웃음을 또 할머니에게 빚지며 시작한다. "그러더니 이 새끼가 눈깔을 뒤집고 손톱 발톱 다 부러지는데 미친 듯이 기어 올라가더라고." 실제로 그 오빠는 정원 미달로 합격을 했다. 나는 이 이야기가 너무 웃기다. 친구들도 좋아해서 몇 번이고 들려달라고 한다. 할머니는 딱 한 번 이야기해주었지만, 나는 특유의 성대모사 능력을 발휘해 계속 할머니가 되곤 한다.

이외에도 할머니는 좀 기묘한 경험을 많이 했다. 할머니가 어릴 적 돌아가실 뻔한 적도 있었단다. 이것도 오후의 티타임에서 창호 아저씨의 프리마, 설탕 들어간 황토색 커피 향을 맡으며 들은 이야기다. 어린 할머니가(적고 보니 재밌는 말이다), 그래 어린 할머니가 연탄가스를 맡고 기절한 적이 있었다. 할머니는 그때 이렇게 죽는구나 생각했다고 한다. 가스 냄새는 점점 심해지고 의식은 점점 옅어지던 그때, 염라대왕을 만났다. 무시무시하게 생긴 염라대왕이 "어린 게 왜 여기 왔냐. 가서 더 살아라" 말했고 어린 할머니는 무사히 할머니가 되었다. 엄마와 창호 아저씨는 안 믿는 눈치였지만 나는 염라대왕의 아량에 큰 감동을 받았다. 할머니는 일흔 살이 넘어서 돌아가셨는데 그때도 염라대왕을 만나셨을까? 그때는 염라대왕이 그냥 사후 세계로 들어오게 했을까? 염라대왕이 갑자기 싫어진다. 편협한 것 같다. 아쉬움 없는 죽음이 세상 천지에 어디 있어.

할머니는 아무튼 '신통한' 분이었고 꿈인지 예감인지를 얘기하면 딱 들어맞았다. 그래서 할머니 말을 엄마는 잘 따랐다. "야 이년아, 오늘 운전 조심해" 하면 엄마는 운전을 조심했다. 실내악단 사람들은 죄다 강남에 살았고 엄마만 강북에 살았다. 할아버지 간병을 하고 출근길에 성수대교를 건너던 엄마는 지각이 잦아서 맨날 야단맞는다고 했다. 어느 날은 자고 일어나 할머니가 틀어놓은 텔레비전을 보는데, 성수대교가 붕괴되었다는 뉴스가 나왔다. 엄마는? 당시는 휴대전화도 뭐도 없던 시절이었고, 죽음을 잘 모르는 나는 그저 침착하게 엄마를 기다렸다. 엄마는 충격에 휩싸인 채 무사히 귀가했다. 손에는 실내악단에서 받아 온 김밥이 들려 있었다. 엄마는 김밥이 담긴 스티로폼으로 붕괴의 상황을 설명했다. 나는 그때 엄마가 월, 화, 수, 금요일이면 지나다니던, 이름으로만 듣던 성수대교에서 살아 돌아온 것도 어쩌면 할머니의 기운이라고 어린 마음에 감히 생각했다. 아직까지 그날이 생생히 기억난다. 죽음을 모르던 내게도 너무나 무서운 일이었다.

할머니는 나름의 미신을 꼭 지켰다. 문지방 밟지 말라는 흔한 이야기로 시작해 밥 먹을 때 기지개를 켜면 안 된다, 아침에 꿈 얘기 하지 마라, 오전에 원숭이 얘기 하지 마라, 개에게 물리면 그 물린 개의 털을 상처에 붙여야 낫는다 등 지금 생각하면 좀 웃긴 것들까지. 근데 할머니가 나에게 직접 그렇게 하지 말라고 이야기하기보다는 그런 규칙(?)을 듣고, 어기면 혼나면서 자란 엄마가 셀프로 "오전인데 그 동물 이야기 하지 말아야지, 호호" 하며 주의를 주는 식이었다. 그 외에도 젓가락에서 젓가락으로 음식을 주지 마라, 모서리에 앉지 마라 등 수없이 많았다. 밥 먹다가 자리 옮기면 결혼 두 번 한다는 이야기를 들었을 때는 그럼 나는 자리 계속 옮겨서 결혼을 여러 번, 아니 여러 명하고 해보고 싶다고 생각했다.

현재 시각은 오전 5시 38분이다. 요새는 잠을 잘 못 잔다. 매일 새벽에 깬다. 어떤 날은 2시, 어떤 날은 3시, 오늘은 4시 20분이었다. 깨서 할머니 생각을 하며 글을 쓰고 있다. 원숭이! 원숭이! 원숭이! 세 번이나 외쳐도 할머니는 혼내주질 않는다. 맞다. 나는 사실 할머니에게 한 번도 혼난 적이 없다. 어쩌면 할머니에게 최고의 미신은 나였을지도 모른다. 똑똑하고, 영리하고, 장차 큰 인물이 될, 승은이.

우연히 만난 할머니들

할머니에 대한 그리움, 애정 때문인지 나는 우리 할머니뿐 아니라 다른 할머니들에게도 관심이 많다. 우연히 만나는 할머니들은 무척 외향적이거나 친절하거나 혹은 엉뚱하다. 일반화해서 뭉뚱그릴 수 없기에 개별적인 에피소드로 짧게 하나씩 이야기해보고자 한다. 공통점이 있다면 다 유쾌했다는 것.

외향성1 — 마을버스 안에서

내가 살던 아파트는 워낙 단지가 커서 마을버스가 아파트 안을 돌았다. 놀러 온 친구들은 뭐 이런 데가 다 있냐고 했고, 지은 지 얼마 안 돼서 초행길 손님이나 택시 기사님들은 항상 헤맸다. 이 마을버스에는 유독 여성 승객이 많았다. 여중 여고가 종점이기도 했고, 다양한 연령대의 여성이 주로 이용했다. 나도 그중 하나였다. (이 마을버스에서 중학생들의 이야기를 듣다가 쓴 가사가 1집 3번 트랙 〈무기력〉의 "버스 안 중학생들의 꿈 얘기도"이다.)

하루는 한 할머니가 버스에 탔는데, 조금 앉아 있다가 갑자기 옆의 분에게, 정확히 바로 옆도 아니고 가운데 통로 건너 분에게 "뭐를 그렇게 샀수?"라고 물었다. 질문을 받은 할머니는 눈곱만큼도 당황하지 않고 해맑게 웃으며 검정 봉지를 살짝 들췄다. "파—." 아, 아는 사이구나. 같은 동인가 보다. 하지만 두 분은 전혀 다른 정류장에서 인사도 없이 내렸다. 충격이었다. 뭘까, 이 외향성은! 나는 아는 사람을 마주쳐도 오랜만에 만난 사람이면 눈을 내리깔고 조는 척을 하는데, 내가 너무 내향적인 걸까? 나도 할머니가 되면 "뭐를 그렇게 사셨어?" 하고 스왜그 있게 스몰토크를 건넬 수 있을까?

나는 식당에서 주문조차 잘 하지 못한다. 식당에서 사장님을 부르려고 할 때 사, 사, 사, 사, 하고 더듬은 적이 한두 번이 아니다. 친한 친구들과 함께 식당에 가면 친절한 그들이 내 대신 주문을 해주는 일이 자연스럽다. 자기의 일은 스스로 하자. 주문계의 재능교육 서브웨이에서만큼은 친구들의 친절을 빌릴 수가 없는데, 그럴 때면 당황하지 않도록 나를 열심히 달래가면서 "치즈 빼고 베, 베지요"라고 말한다. 전화 주문도 마찬가지. 개인정보를 싸게 팔아치우는 회원가입 절차를 거치더라도 인터넷 주문이 편하다.

물론 내향적인 할머니들도 많이 계실 터이다. 맞다. 내향적인 것은 티가 잘 나지 않는다. "뭐를 그렇게 샀수?" 묻지 않은 버스의 모든 할머니가 사실은 내향적일지도 모른다. 그래도 나이가 들면서 외향성이 조금은 자라난다는, 낯을 덜 가리게 되고, 그래서 낯을 안 가리는 척을 하지 않아도 된다는 불투명한 이야기를 조금은 믿고 싶다. 말 더듬으면 창피하니까. 창피하다고 사회에서 가르쳤으니까!

엉뚱함1 — 다시 마을버스 안에서

앞서 언급한 그 마을버스에서의 일이다. 청년 신승은이 마을버스에서 할머니에게 자리를 양보하고 대단한 일이라도 한 듯 뿌듯해하고 있었다. 자리에 앉은 할머니가 내 사타구니를 노려보더니 아주 큰 목소리로 "자꾸 열렸어요!"라고 알려주었다. 조그맣게 말해도 됐는데 안타깝게도 할머니의 발성은 이 자람 님 급이었다. 와— 버스 안에 모두가 나를 쳐다보았다. 황급히 지퍼를 올렸다. 사람들의 시선이 내가 지퍼를 올리는 대로 아래에서 위로 올라오는 기분이었다. 할머니는 다정히 웃어주었다. 한 정류

장 일찍 내렸다. 이 엉뚱함도 외향성하고 싹 분리할
수는 없을 것 같다. 나는 누군가의 지퍼가 열린 것
을 보면 아주 작게 소곤거릴 것이다. 아니 소곤거릴
수나 있을까. 다른 외향적인 누군가가 그 사람에게
쪽지를 전해주길 기다리면서 지나가겠지.

엉뚱함2 — 지하철에서

청년 신승은이 무거운 걸 들고 지하철 계단을 내려
가는 할머니를 발견했다. 후다닥 달려가서 도와드
리겠다고 했다. 할머니는 따뜻하고 잔잔한 미소와
함께 "이런 건 젊은 사람이 해야지"라며 손사래를
쳤다. 그때 내 나이 스물둘이었나, 셋이었나. "저도
젊어요!" 짐을 번쩍 들고 척척척척 계단을 내려갔
다. 할머니는 고맙다고 인사를 건넸고 나는 지하철
을 기다리며 스크린도어에 비친 내 얼굴을 보았다.
하지만 나도 할머니를 할머니로 지레 판단해버린
것이니까. 여성, 노인, 나보다 힘이 약한, 내가 도와
야 하는 존재로.

외향성2+엉뚱함3 — 버스 정류장에서

그 마을버스 세계에서 독립을 하면서 나는 비슷하게 생겼지만 완전 다른 동네로 이사를 갔다. 아파트가 거의 없고, 주말이면 젊은 사람들이 언덕 밑을 메우는 동네다. 교통이 불편하고 그만큼 아주 근접한 주변은 조용한 곳. 하지만 내려가면 일단 시끄러운 곳. 버스 정류장이 코앞이던 전과는 달리 정류장까지 가는 데만 10분이 걸린다. 어느 날, 10분 걸려 도착한 정류장에 멍하니 서서 버스를 기다리는데 한 할머니가 지나가다 말고 돌연 정류장 앞 건물을 가리키며 "구청인 줄 알았어" 하고 웃으시곤 가던 길을 갔다. 뭐지… 당황하고 있는데 동시에 버스가 왔고, 내 앞의 어떤 분이 "네—" 대답하고는 버스에 올랐다. 그분도 왠지 유쾌한 할머니로 자랄 것 같았다.

친절함 — 작업실 근처에서

코로나 시국, 집에서 일을 하는 것에 이골이 난 동네 프리랜서 친구들이 작업실을 구했다. 월세가 싼 대신 화장실이 없어, 싸지만 쌀(!) 수 없는 곳이었다. 나는 그곳을 레슨실로 종종 이용했다. 가는 길에 가끔 마주치는 할머니가 계셨는데 어쩌다 자연스럽게 인사를 나누게 되었다. 이름도 성도 모르고 분홍색 스웨터를 즐겨 입으신다는 것밖에 아는 게 없는데, 마주칠 때마다 엄청 반갑게 인사를 해주셨다. 괜히 눈물이 날 것 같을 때도 있었는데 작업실로 쏙 들어가고 나면 그게 마치 꿈이었던 것처럼 눈물도 쏙 들어갔다. 작업실을 빼게 되었을 때 분홍색 스웨터 할머니 생각이 제일 먼저 들었다. 이제는 날이 더워졌으니 스웨터를 벗으셨을까? 내일은 괜히 그 골목으로 지나가 봐야겠다. 기억은 못 해도 반갑게 또 인사해주실 것 같다. 왜? 흔한 말로 내가 손주 같아서? 아니면 매일 그 좁고 짧은 길을 산책하는 일상에 나와의 우연한 만남이 작은 이벤트였을까.

*

　　중노년 여성 배우분들과 작업을 하면 포옹을 많이 하게 된다. "우리 한번 안읍시다!" 하면서 선뜻 품을 내준다. 고된 작업을 마친 현장도 아니고 수다 겸 첫 미팅 자리에서도 그렇다. 내가 함께 작업한 배우님들은 모두 그랬다. 아이구, 하면서 안기고 안아주었다. 선뜻 인사를 받고 선뜻 포옹할 수 있는 그 '선뜻'이 '먼저 선' 자에 '따뜻 뜻' 자를 쓴 것처럼(물론 농담이다) 먼저 따뜻하게 다가오는 느낌을 준다. '후뜻'인 나로서는 항상 빚을 지는 기분이다. 갚을게요!

맞다. 나는 사실 친절한 할머니들에게 친절하고 싶었다. 그래서 자꾸 마주치기도 하고 이런저런 일화들이 생기기도 한 걸까. 하루는 어떤 할머니가 다급한 표정으로 불쑥 통장을 나에게 들이밀었다. 은행 안도 아니고 그냥 길 위에서. 평소의 나라면 신종 사기일지도 몰라 하며 가시를 세웠겠지만, 할머니가 통장을 보여주는 데에는 다 이유가 있겠지 왠지 마음이 놓여 통장만큼 고개를 들이밀었다. "여기에 뭐라고 써 있어요? 여기 맨 밑에요!" 다급했다. 작은 글씨로 포인트 점수가 적혀 있었다. "○○○ 포인트라고 적혀 있어요." "아니, 돈이 다 어디 갔지. 돈이 다 어디 갔지. ○○○○○○원이 있어야 하는데." 무척 당황하신 듯 보였다. 그 위에 역시나 작은, 통장 특유의 기계적인 넓적한 글씨로 잔액이 적혀 있었다. "○○○○○○원이에요. 잔액은 위에 적혀 있어요. 걱정 마세요. 밑에는 포인트!" 그제야 맘을 놓고 환하게 웃으셨다. 하나도 안 보여서 돈이 다 어디 갔나 싶으셨다고 한다. 그러게. 고만하게 적어놓으면 어떡해.

근데 내 성격이면 은행에 가서 물어봤을 것 같다. 지나가는 이에게 경계 없이 무언가 '선뜻' 물어볼 수 있는 것, 때로는 엉뚱한 말도 할 수 있는 여유, 모르는 사람의 인사를 받아주는, 네? 저 아세요?가 아닌 반가움은 어디서 나오는 걸까. 그냥 연륜에서 나온답니다, 이런 말을 해서 꼰대들 주장에 근거가 되긴 싫다.

유독 할머니들은 왜 그럴까. 할머니들은 때때로 겁이 없다. 남에게 도움도 척척 받을 수 있고, 그만큼 남에게 도움을 척척 줄 수 있다. 친구는 지하철에서 만난 할머니가 빵을 주셔서 마스크 속으로 쏘옥 넣어 먹고 온 일도 있다. 할머니들은 알고 있는 것 같다. 도와주고 도움받는 일은 부끄럽지 않다는 것을. 이제 어디 가면 할머니 소리를 들을 연배인 우리 엄마만 해도 그렇다. 모르는 것을 나에게 잘 물어본다. 안부부터 스마트폰 사용법까지. 물론 자신의 무지를 탓할 때가 많아 속상하긴 하다. 하지만 할아버지 소리를 들을 연배인 아빠는 반대다. 아빠는 나에게 태어나서 단 한 번도 물어본 적이 없다. 안부부터 스마트폰 사용법까지.

할머니들은 잘 묻는다. 모르는 사람의 장바구니부터 잘 안 보이는 작은 숫자까지. 나는 그 질문들에 대답을 잘하는 사람이 되고 싶다. 나아가 질문을 잘하는 사람이 되고 싶다. 사회는 그 질문들에 대답을 잘 하는가? 김목인의 노래 〈대답 없는 사회〉가 떠오른다. "대답을 못 들은 사람들이, 길 위에 나와 있네."

질문의 비결은 모르지만 그 유쾌하고 엉뚱한 외양이라도 닮고 싶다. 할머니들만의 무언가가 분명히 있다. 이 책을 마무리할 때쯤에는 알게 될까.

엄마가 할머니가 되어가고 있다

엄마는 원래 조금 외향적이고 친절하며 엉뚱하긴 했다. 엘리베이터에서 마주친 초등학생에게 항상 만화영화 속 조연 같은 목소리를 내며 "몇 살이에용—?"하고 묻는 사람. 그렇지만 할머니 같지는 않았다. 엄마는 엄마니까. 그러다 보니 내가 생각하는 할머니들의 특징을 가진 것과는 또 다르게, 엄마가 할머니가 되어간다는 사실을 접했을 때 충격을 받았다. 어느 날 통화를 하는데 "우리 같은 할머니들은"하고 엄마가 자신을 할머니로 지칭했다. 뭐지. 나는 엄마가 아닌데, 엄마는 할머니가 되어버렸다!

사실 엄마가 할머니로 명명된 첫날은 오래전이다. 막내는 쉽게 할머니가 된다. 엄마는 n남매 중 막내였다. 큰이모의 딸, 즉 엄마의 조카와 나이 차이가 열두 살밖에 나지 않을 정도로 터울이 큰 막내였다. 나는 그 엄마가 낳은 자식 중 또 막내다. 막내라고 하기엔 나와 오빠밖에 없지만 여섯 살 차이로 적지 않게 터울이 진다. 그러다 보니 그 사촌 언니와 나는 열여덟 살 차이가 나게 되어버렸다. 사촌 언니는 내가 열한 살 때 아들을 낳았다. 초등학교 4학년인 나에게 조카가 생긴다니. 8월 7일이었다. 음력으로 7월 8일. 이렇게 사소한 정보를 기억할 정도로 충격적이었다. 내가 이모가 된다는 것은 나름 뿌듯함과 묘한 쾌감이 있었지만, 엄마가 할머니가 되는 것은 영 어색했다. 쉰 살도 안 된 엄마가 귀여운 아기에게 할머니라고 할 때마다 나는 엄마가 이상한 농담이라도 한 것처럼 옆구리를 찌르고 싶었다. 지금 그 사촌 조카는 스무 살이 훌쩍 넘었다. 와우.

맞다, 생각해보니 사실 할머니는 상대적 단어다. 사전을 찾아보면 1번으로 '부모의 어머니를 이르거나 부르는 말'이라고 나와 있다. 엄마가 전화에서 말한 "우리 같은 할머니들은"의 '할머니'는 1번의 할머니는 아니다. 저 밑에 4번 '친척이 아닌 늙은 여자를 친근하게 이르거나 부르는 말'을 뜻하는 것이다. 누구보다 빠르게 '귀여운 막내 할머니'가 된 엄마는 1번에서 4번으로 넘어가고 있는 중인 걸까.

그럼 몇 살부터 할머니인 걸까. 내가 십대 때는 오십대, 육십대만 해도 할머니라고 생각이 되었는데, 나이 들기 싫은 본능이라도 있는 건지 지금은 일흔 살은 되어야 할머니이지 않을까 하고 생각한다. 상대적인 단어인 만큼 이 책에서 말하고자 하는 할머니의 기준을 칼같이 잴 수는 없다. 때로는 육십대 여성의 이야기, 때로는 칠십대 여성의 이야기, 때로는 나의 이야기가 적히겠지.

그러고 보니 나도 이제 엄마 나이라고 해야 할까. 엄마가 나를 낳았을 때보다 지금 내 나이가 한살 더 많다. 내가 엄마 나이가 되니 자연스레 엄마도 4번의 할머니 나이가 된 거겠지. 그런데 엄마도, 할머니도 참 상대적인 분류다. 나는 사실 '엄마'들 나이이지만 엄연히 딸인데, 그럼 우리 엄마도 그냥 '엄마'일 수 있는 건데, 항상 사회의 호칭은 젊은 사람들, 다수, 사회적으로 강자의 기준에 따라 정해진다. 노인이 많은 사회가 와도 할머니는 그저 '할머니'겠지 싶다. 예를 들어 '학생'도 그렇다. 젊으면 다 학생인가. 다수가 학생이고, 다수가 하는 것이 정상이니, 그 나이쯤에 학교 다니는 것을 '정상'처럼 여기는 사회는 학교 밖 청소년, 대학을 가지 않은 청년들을 싹 빼버린다.

엄마에게 노안이 온 지는 좀 되었다. 오빠에게 2.0을 물려준 파워 시력의 엄마도 돋보기를 찾거나 "아휴, 가만있어 봐" 하면서 종이를 멀찍이 떼고 보기 시작했다. 엄마는 종종 나에게 작은 글자를 읽어야 하는 짜증과 노화에 대한 불안이 섞인 목소리로 대리 낭독을 요청했다. 처음에는 약 설명서 같은 아주 작은 글자에서 시작했는데 그 크기가 점점 커졌다. 엄마의 짜증과 불안도 커졌을까? 내 힘으로 읽을 수 없는 것들이 늘어난다는 건 사회에서 점점 소외되고 있다는 의미가 아닐까. 그러거나 말거나 사회는 젊은이와 외국인에 맞춰 신나게 영어를 가져다 쓴다. 이따금씩 젊은 나도 적응을 못 해 음식점 메뉴판 앞에서 당황할 때가 있다. 근데 그것이 작기까지 하다면? 나는 이게 뭐냐고 물어볼 것 같은데, 우리 엄마는 자신의 무지 탓을 할 것이다. 속상해서 코끝이 찡해온다.

엄마는 몇 년 전까지 실내악단에서 연주를 했다. 실력은 폭발적인데 결혼, 출산 등으로 인해 경력이 단절되거나 다른 실내악단의 섭외 기회를 놓친 여성들로만 이뤄진 실내악단이다. "엄마는 무슨 악기 하셔?" "콘트라베이스요." 예전에는 사람들이 잘 몰라서 가장 큰 악기라고 대답하기도 했다. 실내악단이 몇 년 전 재정 문제로 사라지고, 더군다나 외할아버지 간병에 독박 살림에, 손이 안 좋아진 엄마는 수술을 반복했고, 결국 연주와 멀어지게 되었다. 한데 한 군데서 연락이 와서 베이스 연주를 하러 간다고 했다. 내심 그렇게 기쁠 수가 없었다. 근데 악보가 작아 보이지 않는다는 것이다. 그래서 엄마는 따로 크게 확대 복사를 하고 다시 오려서 보면대에 맞게 악보를 새로 만드는 수고를 해야 했다.

사회는 눈곱만 한 글씨로 눈곱만큼도 도와주지 않지. 문방구에 가서 확대를 하고, 다시 가위질을 해서 갖다 붙이는 엄마의, 할머니의 수고 비용은 어쩔 셈인가요. 약자는 알아서 하십쇼. 세상에, 엄마에게 노인이라는 한 카테고리가 더 붙어버렸다. 공인인증서, 홈택스, 인터넷뱅킹, 스마트폰. 세상은 점점 바뀌어가고 나도 적응이 힘들다. 그럴 때면 나는 세상 욕을 확 해버리지만 엄마는 자신에게로 활시위를 겨눈다. 무식하고, 이런 것도 못 하는, 할머니가 되어가는 자신을 탓한다.

거 참, 쓸수록 속상하네. 내가 지금 사는 집 바로 앞에는 스튜디오가 있다. 바로 옆에 가정집도 있지만 주로 그 앞길은, 젊은 사람들이 와서 항상 촬영차를 대놓는 곳, 이따금씩 비기도 하지만 언덕에서 차 돌릴 때 쓰는 곳 등 다양한 용도로 사용된다.

하루는 엄마가 잠시 그곳에 차를 대고 우리 집에 들렀다가 밥을 먹으러 나왔다. 집 계단을 내려오는데 엄마에게 모르는 번호로 전화가 왔다. 엄마는 전화를 받자마자 "네, 차 금방 빼겠습니다!" 세상 친절한 목소리로 대답을 했다. 전화를 끊고 5초 만에 차 앞으로 가니 러닝에 정장 바지를 걸친 아저씨, 아니 할아버지가, 그래 한 중노년 남성 선생님이 엄마를 향해 손가락을 저으며 혀를 찼다. "내가 하나 알려 줄라고. 차를 댈 때 저 끝까지 대면 되잖아요." 반말 섞인 말을 하면서 엄마를 무시하는데 열이 차올랐다. 엄마는 그 와중에 끝까지 "아휴, 그러게요. 그랬으면 됐는데… 아휴, 죄송해요"라고 답했다.

야! 난닝구. 너 뭔데 반말이야. 유교걸은 차마 그 말을 하지 못했답니다. 차문을 쾅 닫고 들어오는 것으로 상황을 정리했다. 차주가 엄마가 아니라, 중노년 여성이 아니라, 내 또래 친구였어도 그랬을까? 남자였다면 과연 그랬을까? 왜 엄마는 할머니가 되는 걸까. 아빠는 할아버지가 되기도 하지만 사장님이나 선생님이 될 때가 더 많은데, 왜 엄마는 처음 보는 러닝 바람 남자한테 무시받아도 되는 그런 존재가 되는 걸까.

복수는 며칠 뒤 이뤄졌다. 직접 복수는 아니고 그냥 조금 감정이 해소된 사건이다. 나와 엄마에 의해서는 아니지만 속이 시원했다. 그 러닝 바람 선생님인지 사장님인지 할아버지인지 아저씨인지는 우리 집 앞에 몰래 쓰레기를 버리곤 했는데 그게 딱 우리 아랫집 노년 여성 '선생님'에게 걸린 것이다. 이 선생님으로 말할 것 같으면 엉뚱하지도, 친절하지도, 외향적이지도 않은 분이다. 우리 빌라 온 세대와 싸움을 한 파이터 할머니 선생님으로 주특기는 가성을 섞은 샤우팅이다. 싸우는 소리가 들려 귀를 문에 갖다 댔다. 분명 그 러닝맨과 아랫집 선생님이었다. 러닝맨이 또 버릇없이, 예의 없이, 반말하며 "웃기고 있네" 등의 말을 했다. "뭐가 웃겨요! 반말하지 마세요! 당장 사과하세요!" 샤우팅이 터졌다. 나의 웃음도 터졌다. 엄마에게 전화해서 이야기했더니 깔깔 웃었다. "아휴, 난 너 보러 갈 때 그 자식만 안 마주치면 좋겠어." 엄마가 말했다. 어때요, 할머니한테 그 자식이 되어버리니까. 손주로서 효도 좀 하실래요?

엄마가 할머니가 되어가니 걱정이 는다. 얼마나 많은 소외와 무시를 겪게 될까. '아줌마'로서 겪은 것도 한 세월일 텐데, 왜 여자 인생에는 편한 시절이 없는 거야. 엄마가 악보 사이트에서 이문세 노래를 뽑으려다가 하루 종일이 걸렸다고 했다. 내가 해줄게. 아이고, 너 바쁘잖아, 네 일도 바쁜데. 남들 눈에 백수인 프리랜서 딸 바쁘다고 해주는 엄마 마음에 또 코가 시큰해졌다. 이문세랑 또 뭐 뽑으면 돼? 다 뽑아줄게. 동네 문방구에 가서 엄마가 원하는 사이즈대로 악보를 뽑았다. 정말 컸다. 뽑아 가니까 효녀라고 아주 기뻐했다.

나는 중노년 여성 배우님들과 작업할 일들이 꽤 많다. 언젠가 한 배우님에게 전화로 스케줄을 물어보는데 다른 촬영 일일촬영계획표를 확인해야 하는 상황이었다. 일일촬영계획표라 하면 콘티북 안에 있는 그 어떤 글자들 중에서도 가장 작은 글자로 이뤄진 계획표다. 옆에 있는 사람에게 "이게 무슨 글자예요?" 하고 물어보는 소리가 들렸다. 그래, 나라도 좀 그런 수고를 없애보자. 이후로 중노년 배우님과 촬영할 때, 대본도, 일일촬영계획표도 되도록 크게 뽑아 갔다. 신 감독 고맙다고 한마디 해주셨다. 고마울 일도 아닌데, 꼭 고마워해준다. 할머니들은, 선생님들은 그렇다.

내 꿈은 무사히 할머니가 될 수 있을까

탁수정 작가의 책 제목 『내 꿈은 자연사』와 지금은 국회의원이 된 장혜영 감독의 영화 〈어른이 되면〉에 나오는 노래 〈무사히 할머니가 될 수 있을까〉를 합쳐보았다.

나는 사는 게 무섭다. 왜냐면 죽는 게 무섭기 때문이다. 한국말 참 재밌지. 나는 내가 죽는 상상을 정말 많이 한다. 사후 세계를 떠올리거나 장례식에서 울어줄 것 같은 사람 헤아리기가 아니라 죽는 그 자체의 상상을. 하고 싶어서 하는 게 아니다. 길을 다니다 보면 저 차가 나에게 돌진할 것 같고, 저 사람이 나를 찌를 것 같고, 저 건물이 무너질 것 같고 그렇다. 살고 싶어!

정신 질환을 앓는 사람들이 흔히 죽고 싶어 할 것이라고 많이들 생각하겠지만, 불안장애를 겪는 나는 정말로 살고 싶다. 오래? 언제까지?라고 물어보면 할 말이 없다. 근데 우선 죽고 싶지 않은 마음이고 할머니가 되고 싶은 마음이다. 몇 살부터 할머니인지 모르겠지만, 장래희망은 할머니입니다.

이 불안한 마음은 나쁜 일이 있을 때 심각해질

것 같지만 좋은 일이 있을 때 역시 마찬가지다. 서울국제여성영화제와 양성평등교육진흥원이 주최하는 필름×젠더 제작지원 프로젝트에 뽑혔다. 한마디로 영화 제작비 2,000만 원이 생긴 셈이다. 돈을 모으지 않고 영화를 찍을 수 있다니 너무 행복했다. 그래서 회의를 하러 갈 때마다 죽을까 봐 너무 무서웠다. 편집을 마치고 하드를 가방에 넣고 차를 탈 때도 항상 내가 죽으면 이 하드는, 이 영화는 어떻게 되는 걸까, 누가 마무리를 하게 될까, 피디인 유리가 마무리를 해주면 좋겠다, 살고 싶다, 영화 마무리하고 싶다, 영화 찍고 싶다, 불안한 생각이 아이디어처럼 번졌다.

처음에는 나만 이런 줄 몰랐다. 다들 이렇게 생각하며 살지 않나 싶었다. 샤워를 하고 있을 때면 강도가 들어오는 상상을 하다가, 그럼 가장 뜨거운 물을 나오게 해서 얼굴에 냅다 쏴야지 하는 작전을 누구나 짜는 줄 알았다. 엘리베이터에 같이 탄 사람이 만약 날 찌르려고 한다면 휴대폰을 무기 삼아 (작은 것도 쥐면 무기가 된다는 것을 어디선가 주워 읽었다) 그 사람의 머리를 갈겨야지. 길거리에 있는 저 사람이 홧김에 나를 찌를지도 모르니 눈을 깔고 지나가자, 자 최대한 티 안 나게 멀리 가보자. 지하철에 저 사람 왠지 느낌이 좋지 않다, 왜 전화로 저렇게 욕을 크게 하지, 불똥 튈라, 옆 칸으로 가자. 이게 다 삶의 에너지를 쓰는 일이며 나를 지치게 하고 갉아먹는 일이라는 것을 이제는 안다. 병원에 다니기 시작했기 때문이다.

생각해보니 어릴 적부터 그랬다. 〈죄와 벌〉을 본 이후로 만화 속 노파가 도끼에 찔리는 이미지가 머릿속에서 떠나지 않았고, 할머니가 돌아가시는 상상이 반복되어 괴로웠다. 그러다가 방법을 찾았다. 아예 상상을 정면으로 해버리는 것이다. 신은 오만해서 내가 이렇게 구체적으로 미래를 떠올려버리면 그 노선대로 가려고는 안 하겠지? 하는 생각에서 온 작전이었다. 나름 불안에 맞서기 위한 논리 회로였다. 아빠가 언제 화를 낼지 몰라 불안해하던 어린 시절에는 나를 지켜주는 내 상상 속의 로봇 셋을 만들어냈다. 이름은 죄다 화이트 그랜드 슈퍼 블루 파워 이런 색깔과 사이즈, 능력 과시 단어가 섞인 것이었는데, 가장 센 우두머리가 화이트 어쩌고였다. 나는 내가 정말 화가 나거나 속상하면 그 화이트 어쩌고로 변할 수 있다고 믿었다. 지금 생각해

보면 참 안쓰럽다. 그렇게 불안했구나. 나는 TV 프로그램 〈금쪽같은 내 새끼〉의 애청자다. 이삼십대가 그렇게 많이 본다고, 보면서 치유의 느낌을 받는다고 한다. 프로그램을 보면 나처럼 불안한 기질을 타고난 아이도, 불안한 환경 속에 살고 있는 아이도 나온다. 브라운관 밖의 불안한 아이들은 또 얼마나 많을까. 그 아이들도 커서 나처럼 할머니가 되는 꿈을 꾸게 될까? 할 수만 있다면 오은영 박사님 가발을 사서 쓰고 타임머신을 타고 달려가 어린 나를 달래주고 싶다. 넌 나중에 그 화이트 어쩌고 로봇의 이름은 기억 못 하지만 신비의 약을 먹고 강해지게 된단다.

정신과 약을 3개월째 복용 중이다. 샤워할 때 느끼던 불안이 줄었고, 공사장 앞이나 이삿짐 올리는 기계 앞을 지날 때도 오도도 뛰지 않는다. 사실 요새 집 밖에 자주 안 나가서 불안 상황에 대한 노출이 줄어든 덕일 수도 있다. 코로나는 집 밖에 나가 낯선 사람을 만날 확률을 확 줄여주었다. 더군다나 힘든 일을 겪게 되자 보고 싶은 사람만 보고 만나고 싶은 사람만 만나면서 쉬고 싶었다. 이런저런 요인들로 나는 회복 중이다.

올해, 나를 병원으로 이끈 대표적인 증상은 몸이 달달 떨리는 것이었다. 처음에는 할머니 닮아 당뇨가 있나 싶었다. 근데 당이 떨어졌을 때보다 밥을 먹으면서 떨릴 때가 더 많았다. 떨릴까 봐 불안해서 외출하게 되면 식사 계획을 꼼꼼히 세워야 했다. 더군다나 비건 지향인 나는 편의점으로 쏙 들어가 삼각김밥을 쏙 사서 입에 쏙 넣어 당을 쏙 채울 수 없는 상황이었기에 더 예민해졌다. 하지만 밥을 먹을 때, 몇 입 먹을 때 떨리는 경우가 많았다. 우선 피검사를 해봤다. 비타민D 수치가 무척 낮긴 했지만 당에는 아무 이상 없다는 소견을 듣고 자율신경계 검사를 했다. 와우. 혈관이 정말 깨끗했다. 역시 비건이다, 엄지를 치켜들고 검사 결과지 다음 장을 보았는데 이런, 스트레스 수치가 맥스였다. -150부터 +150까지 있었는데 +150을 찍었다. 스트레스 저항도가 좋아서 버티고 있는 거라고 말씀하셨다. 아무래도 정신병원에 가야겠구먼 싶었다.

정신과 의원에 처음 가는 것은 아니었다. 세 번째였는데, 이전에는 한두 번 가다가 중단했다. 술 먹지 말라는 선생님들의 말씀과 오 이만하면 나은 것 같은데 싶은 오만함이 문제였다. 술은 예민한 나의 긴장을 풀어주었다. 두 번째 병원의 선생님께서 말씀하셨다. "술을 약처럼 드셨네요." 그니까요. 약을 계속 먹어야 하지 않겠어요…?

이번에는 마음잡고 다니고 있다. 의사 선생님은 몸이 떨리는 것을 정신의 신체화 증상이라고 했다. 3개월째, 아예 안 떨리지는 않는다. 빈도가 줄기는 했으나 가끔 에너지를 쓰고 나면 달달 턱이 떨려온다. 어릴 적부터 시작된 나의 불안이 근거 없는 불안이 아니라는 것이 가장 화난다. 여성을 포함한 소수자, 사회적 약자를 향한 폭력은 매일 보도된다. 남성이 피해자일 때만큼 가시화되지 않고, 흔한 일로 치부되어버리는 현실이 개탄스럽다. 여성이 살인을 당하고, 폭력을 당하고, 강간을 당해도 언론은 크게 보도하지 않는다. 하지만 남성이 실종되면? 세상은 한강 물을 퍼내려고 한다. 물론 남성 피해자에 대한 관심이 부당하다는 것이 아니다. 지당하다. 다만 모든 피해자에게 그래야 한다. 하지만 왜 수많은 여성 피해자는 그냥 그렇게 묻히는 걸까. 이런 세상에서 나보고 어떤 불안도 없이 살라고? 어렸을 때부터 내가 겪고 본 일들이 지금까지도 생생히 이어지고 있는데 다 무시하고 살라고요?

페미는 정신병이다. 진짜 많이 달리는 댓글이다. 페미니즘이 정신병이라는 건 좀 여러 가지 혐오가 믹스된 음식물 쓰레기 같은 말이다. 정신 질환에 대한 혐오와 여성혐오가 사이좋게 뒤섞여 악취를 풍기는 문장이다. 페미니즘에 관련된, 아니 이것조차도 거창하다, 그냥 내 삶에 관련된 이야기를 글로 쓸 일이 있었다. 그때 글마다 댓글이 달렸다. 항상 같은 말이었다. 실제로 나는 페미니즘이 필요하다고 생각하고, 실제로 나는 정신병을 갖고 있기 때문에 데미지가 없었다. 그런데 어느 날 저 말의 더러운 껍데기 말고 다른 것이 보이기 시작했다. 진짜 페미니즘을 알게 되면 소수자로, 약자로 살면서 불안장애에 걸리지 않기는 쉽지 않다는 것을.

할머니가 되고 싶은데 장애물이 참 많다. 또 당연히 안전한 할머니, 소외받지 않는 할머니가 되고 싶은데 그것은 더더욱 어려운 일이다. 여성 노인에 대한 성폭력 사건들을 사회는 어떻게 다루는가. 노인 빈곤에 대해 사회는 얼마나 나 몰라라 하는가. 폐지를 줍는 노인들, 고물상에 가는 노인들이 킬로그램당 얼마를 받으면서 살아가고 있는가. 내가 꿈꾸는 것은 그냥 할머니가 아니었나 보다. 친구들하고 다 같이, 안전하고, 빈곤하지 않은, 빈곤하더라도 혜택을 받아 빈곤에서 벗어날 수 있는 할머니를 꿈꾼다.

욕심일까. 대한민국에서 프리랜서로 살아가면서 안정된 미래를 꿈꾼다는 것. 건강보험료가 직장인 중심으로 책정되어 있어서 건당 일하는 프리랜서는 매번 해촉증명서를 제출해 내가 매달 이걸 버는 게 아니라요 어쩌다 한 번 번 것입니다, 라고 소명해야 건강보험료 폭탄을 피해 갈 수 있다.

내가 꿈꾸는 할머니가 되는 데 악조건뿐이라고 너무 툴툴댄 것 같다. 이제부턴 좋은 얘기를 해보겠다. 우선 나는 비건 지향을 하고 있다. 앞서 말했듯이 나의 혈관은 1등급이다. 이는 비건의 위대함이 분명하다. 왜냐면 검사 전날 표고탕수에 가지튀김에 소주, 맥주, 위스키를 모두 마시고 갔기 때문이다. 또 내게는 정신과에 갈 에너지가 있다. 정신과에 다니는 것은 창피하지 않으며 내가 나약하기 때문이 아니라는 것을 계속 되뇌면서 열심히 다니고 있다.

또 나는 같이 할머니가 되어서 더 나은 세상을 보고 싶어 하는 멋진 친구들이 있다. 그중 나를 포함한 넷은 초근접한 거리에 산다. 서로 음식을 나누고, 마음을 나눈다. 밥 해 먹기 힘들 때 대신 차려주기도 하고, 애매하게 밥이 남았을 때 연락하기도 한다. 밥 한 공기 빌리거나 빌려주고 나면, 밥 한 공기가 아니라 언젠가 다가올지 모르는 빈곤을 서로 메워줄 수도 있겠구나 싶다. 음식물 쓰레기봉투가 떨어졌을 때도, 밖에서 속상한 일을 겪고 왔을 때도 만난다. 물론 좋은 일 있을 때도, 그냥 심심할 때도 만난다. 고양이 셋, 강아지 하나도 우리의 가족이다. 우리는 각자 글을 쓰고, 영화를 만들고, 음악을 만들고, 술을 마시고, 요리를 한다. 공동체라는 것이 언제 흩어질지 모르지만 그래도 웬만하면 계속 모여 살자, 할머니가 되어서도 그러자, 라고 이따금씩 이야기한다.

내가 영화를 만들자고, 음악을 같이하자고 하면 선뜻 함께 모여줄 동료들이 있다. 비단 함께 작업하는 것뿐만 아니라 일적인 고민을 나눌 수도 있다. 우리는 할머니 영화 크루가 될 것이고, 할머니 뮤지션이 될 것이다. 그래, 내게는 영화와 음악이 있다. 속상한 일 있으면 살풀이하듯이 노래를 만들고, 나의 영원한 꿈인 영화는 나에게 끝없는 힘을 준다. 마치 어릴 적 내 곁을 지켜주었던 화이트 어쩌구 로봇 같다.

할머니가 되면 하고 싶은 것이 많다. 나는 나이 드는 것이 두렵지만은 않다. 오히려 하루하루 살아남는 것이 조금 더 두렵다. 사십대가 되면 힙합을 시작해볼까, 육십대가 되면 연기를 시작해볼까. 아, 재밌겠다. 근데 아무튼 살아야 할 거 아냐. 살고 싶다. 그래서 사는 게 무섭다. 무섭지만 나는 살고 싶다.

까치산 할머니

까치산 할머니를 실제로 처음 만난 건 2014년이었다. 그 당시의 나는 문소리 감독님의 〈여배우는 오늘도〉 두 번째 에피소드의 스태프로 일을 하러 갔다. 내 파트는 연출부. 연출부라 하면 연출인 감독을 포함하여 영화에서 시나리오 내적인 부분을 담당하는 일이다. 소품을 챙기고 감독이 보는 모니터를 챙기고, 그 모니터와 카메라를 연결하는 라인과 모니터의 라인을 챙기는데, 아무튼 다른 스태프들처럼 라인과 친하다. 현장 총진행을 맡는 조연출, 컷 연결과 현장의 모든 것을 기록하는 스크립터와 함께 한 팀이다. 조연출이 실장이고, 스크립터가 팀장이면 연출부는 대리다. 이 연출팀 대리는 슬레이트를 치고 재빠르게 카메라 뒤로 숨으며, 소품팀이 없을 때는 소품을 담당하기도 하고, 뭐 이런저런 일들을 한다. 연출팀의 수많은 일 중 하나는 바로 '배우 케어'다. 예를 들면 땡볕에서 촬영 중일 때 컷 사인과 동시에 양산을 갖고 배우 앞으로 달려가는 사람이 바로 연출부다. 살수차가 와서 비를 뿌리는 장면을 찍을 때 수건을 들고 있다가 컷 사인이 나면 배우에게로 후다닥 뛰어가서 건네며 "추우시죠, 어떡해" 하는 사람이 바로 연출부다. 다른 사람들은 촬영팀, 조명팀, 음향팀을 포함한 소위 '기술팀'이

멋있다지만 나는 연출부들이 멋있다 뭐. 참고로 연출부 앞에 붙는 수식어가 있는데 '뭘 해도 죄송한' 연출부이다. 뭘 해도 죄송한 연출부는 죄송할 일을 최소화해야 한다. 배우들 픽업을 하게 되는 경우 약속 장소와 시간, 배우들이 챙겨 올 개인 소품이나 의상이 있다면 꼼꼼히 체크해서 문자, 전화를 남겨야 한다.

"까치산 할머니랑 같이 와야 한대." 조연출님이 말했다. 아니 '까치산 할머니'가 누구지? '한예종 어머니'는 들어봤어도. 한예종 어머니라 하면 한국예술종합학교 영상원 영화 제작팀들이 어머님으로 많이 캐스팅하는 배우를 일컫는 말이다. 까치산 할머니는 그냥 까치산에 살아서 까치산 할머니라고 한다. 우리 영화에서는 엑스트라를 맡았다. 역할이 크고 작은 게 중요한가? 명백하게 배우 이름이 있을 텐데 왜 까치산 할머니라고 부르는 걸까. 지금 생각하면 좀 의문인데 그때는 왠지 멋있어 보였다. 그랜마 프롬 까치 마운틴.

까치산 할머니가 맡은 역할은 노인 환자였다. 극 중 문소리 역의 시어머니는 요양병원의 다인실에 입원해 있다. 문소리가 시어머니에게 은행 비밀 번호를 여쭤보러 이 병실에 방문하는 신에서 바로 옆 침대의 치매 환자 노인 역할을 까치산 할머니가 맡았다. 카메라엔 잘 잡히지 않지만 로션을 촵촵 바르고 거울을 보면서 마치 곧 애인을 만나러 가는 소녀처럼 자신을 꾸민다.

까치산 할머니와 함께 차를 타고 왔는지 나중에 따로 혼자 오셨는지 기억이 가물가물하다. 피곤하긴 엄청 피곤한데 잘하고 싶은 마음에 또 엄청 긴장한 상태여서 정신이 없었다. 아무튼 까치산 할머니는 병실 신을 앞두고 분장실에 들어갔다. 영화 현장은 팀 간의 소통이 무척 중요하다. 연결 고리가 없어 보이는 팀들도 다 연결 고리가 있다. 분장팀과 연출팀의 연결 고리는 대기 시간이다. 분장을 마친 배우를 모셔 오는 것도 연출팀의 일이다. 분장이 오래 걸리는데 연출팀이 대뜸 분장실에 들어가서 "지금 오시래요" 하면 또 죄송하게 되어버린다. "어느 정도 걸려요? 아, 그렇구나" 하고 나와서 카메라가 세팅되어 있는 곳으로 오도도 뛰어간다. "n분 걸리신대요." 잘 전달하면 덜 죄송하다. "시간 없어, 빨리 모셔 와"라고 하면? 연출부는 다시 분장실로 오도도 뛰어간다. "되는 대로 빨리 부탁드릴게요!"라는 말, 무서운 분장실장 앞에서는 입이 떨어지지 않는다. "아직 더 걸리죠…?" 눈치를 보면서 슬쩍 묻게 된다.

하여튼 까치산 할머니를 모시러 분장실로 갔다. "할머니 연기한 지 몇 년 됐어?" 아니, 분장팀원이 반말을 한다! 이따금 젊은이들은 할머니 할아버지에게 반말을 한다. 왜일까? 랜덤 손주, 랜덤 할머니, 랜덤 할아버지 사회가 나는 적응이 안 된다. 까치산 할머니는 다부지게 대답했다 "15년!" 그 당찬 목소리가 아직도 잊히지 않는다. 따끔한 회초리 같았는데 귀여웠다. 그래도 반말을 하다니, 충격과 함께 배우님의 세팅을 기다렸다. 어디서 많이 뵌 분 같은데…. 현장을 다니며 어디서 많이 뵌 분들을 마주치는 건 익숙하지만 진짜 많이 뵌 거 같은데 싶었다. 이런 호기심이 몽글몽글 피어오를 때 휴대폰으로 배우님 이름을 검색하면 속이 시원해진다. 아, 맞다. 여기서 경찰! 아 맞다. 여기서 엄마! 아 맞다. 저기서 살인자! 근데 까치산 할머니는 성함도 모르고, 이것 참 근질근질했다. 대뜸 성함을 여쭤보는 것도 예의가 아니고, 그러다 시간은 흘러 15년 경력의 단역배우 까치산 할머니의 분장이 다 되었다. "같이 가시죠." 배우님을 모시고 현장으로 갔다.

시어머니 배우님은 극 중 나이보다 젊고 실제로도 그렇게 보여서 나이가 들어 보이도록 분장을 했다. 까치산 할머니는 백발이 빼곡하고 나이가 더 있어 보였는데 단역만 하시는 걸까? 노년의 배우 중 '발화'가 정확한 분을 찾기가 힘들다고 들었다. 그래서 역할보다 더 젊은 배우를 캐스팅하여 나이 들어 보이게 분장을 하곤 한다. 역으로 아역의 경우도 그렇다. 키가 작은 아역 배우를 업계는 더 반긴다. 보기에는 다섯 살로 보이는데 실제로 아홉 살이면 '소통'하기 더 편하고 역시 발음이 정확하다는 이유에서다. 보이는 일이라는 건 항상 무언가를 가리는 일이다. 극 중 역과 배우의 나이가 반드시 일치할 필요는 없지만. 여자 배우에게는 '교복은 입을 수 있을 때까지 입어라'라는 말이 있다. 학생 역할을 할 수 있을 때까지 해서 어려 보이라는 뜻이다. 무언가가 영화 속에서 보인다면 그건 이미 수많은 선택의 결과임을 의미한다. 같은 병실이라 할지라도, 저 프레임, 저 각도, 저 배우, 누워 있는 단역, 화장하는 단역, 그리고 저 병실 밖 지나가기만 하는 단역, 단역과 배우를 구분하는 포커스, 이 미술, 이 조명…. 모든 것이 의도고 선택일 수밖에 없다. 그래서 참으로 책임이 막중한 일이다.

'15년' 동안 연기해온 까치산 할머니는 신에서 로션을 찹찹 바르며 꾸미다가, 조단역 간호사 역할이었던 이정은 배우님이 들어와 대화를 나눈 뒤 나가고, 시어머니 역할 성정순 배우님이 변을 본 걸 알게 된 문소리 역의 문소리 배우님이 간호사를 부르고, 성정순 배우님이 간호사를 거부하는 소리에 반응하여 까치산 할머니가 꽥 소리를 지른다. 신이 끝나고 그렇게 퇴근을 하셨다. 분장실에서 외친 "15년!"이 계속 귀에 맴돌았다. 나도 나중에 백발이 성성해지면 연기에 도전해볼까 하는 생각이 들었다. 우리의 첫 번째 인연은 그렇게 배우님 성함도 알지 못한 채로 끝이 났지만, 운명 같은, 아니 운명 같다고 하기엔 나 혼자 반가운 마주침은 바로 다음 날 이어졌다.

다음 날은 〈여배우는 오늘도〉 치과 신 촬영이었다. 병원에 가면 여러 광고가 있다. 이유 없이 피로한 당신, 비타민D 주사 맞으세요. 스케일링, 보험이 됩니다. 예방접종, 하세요. 이런 광고 옆에는 사진이 있을 때가 많다. 이유 없이 피로한 사진, 스케일링 받은 건치의 사진, 예방접종 하는 사진이나 디자인일 때도 있고, 무관한 연예인이 양복을 입고 오른손을 내밀기도 한다. 그날 로케이션으로 간 치과에서 본 광고 속에서 나는 까치산 할머니를 만났다. 지면이어서 흥이 좀 깨지셨나요? 어쨌든 나는 그 2D의 할머니가 너무 반가워 다른 연출팀에게 이야기했지만 어쩐지 나만 반가운 것 같았다. 치통을 앓는 표정으로, 임플란트였나 틀니였나, 아무튼 어르신들에게 그걸 해드리는 것이 효도라는 뜻을 담은 대충 그런 광고로 기억이 난다. 진짜 활동 많이 하시는구나. 전방위 배우님. 성함을 언제 알 수 있을까요. 왜냐면 어디선가 정말 인상 깊게 뵀었던 것 같아서요. 더 애가 탔다. 배우님 성함은 끝내 모른 채로 촬영은 끝이 났다.

지금처럼 외주 인생, 여기서 쪼끔 저기서 쪼끔 벌며 살던 나는 편집 아르바이트를 한 건 주웠다. 누가 버리고 간 것 같아서 주웠다는 표현을 쓴다. 외주 측에서 편집 레퍼런스로 역사 다큐멘터리를 보내줬는데 여기서 또 까치산 할머니를 뵀었다.

아니? 촬영이 끝난 지 일주일도 안 되었을 때였다. 크레디트를 열심히 찾아보았지만 너무 많은 이름이 나왔다. 소설 『도플갱어』 속 주인공은 자신과 똑같은 얼굴의 배우를 발견하고 그 배우가 나오는 영화들의 크레디트를 다 뒤져 끝내 이름을 찾는다. 하지만 나는 까치산 할머니의 도플갱어가 아니었고, 외주 작업을 마저 마쳐야 했기에, 열정을 발휘할 수 없었다. 하지만 애정은 여전했다.

그리고 바로 다음 날, 나는 서울독립영화제에 가게 되었다. 동기가 나온다고 표를 줘서 별생각 없이 극장에 갔다. 섹션도 모르고 피곤한 상태로 상영관에 착석했다. 영화를 보는데… 까치산 할머니가 등장했다. 〈흰둥이〉라는 영화였다. 치매가 아니지만 치매 연기를 해 공무원을 속여야 하는 역이었다. 대사는 많지 않았다. 영화가 끝이 났다. 영어 제목이 먼저 떴다. Granny. 외국에서는 할머니를 저렇게 말하기도 하나 보다. 그래니. 그랬니? 같은 다정한 어감이네. 그리고 크레디트! 드디어 성함을 알게 되었다.

유창숙 배우님. 배우님을 내가 이토록 애타게

찾았던 이유가 생각이 났다. 당장 다음 시나리오에 노년 여성 역할이 있어서가 아니었다. 때는 10년 전으로 돌아간다.

　　나는 영화를 정말 좋아한다. 부끄럽지만 10년 전에는 영화를 좋아하는 나 자신까지 좋아했던 것 같다. 나는 영화제작 동아리를 했었고 거기서도 영화를 가장 많이 본 사람이었다. 나는 왜 영화제작 동아리에 온 애들이 누벨바그 시대 영화를 보지 않는지 의아해하면서 프랑수아 트뤼포의 〈400번의 구타〉나 장 뤽 고다르의 〈알파빌〉에 대한 찬사를 늘어놓았다. 꼴 보기 싫었겠지? 술자리에서는 모션으로 영화 제목 맞추기 게임을 자주 했다. 둥 둥둥, 입으로 첼로 소리를 내면서 슬로모션으로 움직이면? 왕가위의 〈화양연화〉 속 두 주인공이 국수 사러 가는 고속촬영 장면이었다. 게임을 계속 하다 보면 누가 무슨 문제를 낼지 대충 보인다. 쟤는 데이비드 핀처 내겠지, 쟤는 알프레드 히치콕, 쟤는 박찬욱이다…! 나도 다른 애들에게 점점 패를 보이게 되었고, 변수를 줄 때였다. 내 차례가 왔고 나는 마음속으로 김지운 감독의 〈좋은 놈, 나쁜 놈, 이상한 놈〉을 선택했다. 훗, 내가 이 영화를 고를지는 아무도 몰랐겠지? 영화 속 이상한 놈, 송강호 배우가 보물 지도를 정신없이 찾는 장면이 있다. 지도는 '할매' 가 갖고 있었다. 송강호 배우가 할매를 찾아 허겁지겁 묻는다. "할매, 지도, 지도, 지도 어딨어?" 할매의 모션이 여기서 일품이다. 해맑은 표정으로 옷섶에 손을 넣었다가 빈손을 쓰윽 꺼내 보인다. 나는 바로 이 모션을 따라 했고, 누군가가 맞추었다. 어이없다는 핀잔과 큰 웃음을 받았다. 나는 졸업할 때까지 그 모션을 틈만 나면 했다. 친구들은 매번 깔깔 웃었다. 웃어준 건지 뭔지. 아무튼 그 할매가, 내가 숱하게 따라 했던 그 할매가 유창숙 배우님이었다!

독립단편영화계의 샛별, 아니지, 히로인 우리 유창숙 배우님은 정말 다작을 해서 스크린에서 만나 뵙기가 참 쉽다. 갑자기 톡 나타나서 못마땅한 표정을 짓거나, 치매에 걸리거나, 가족들이 뭘 하는지 지켜보거나 하신다. 필모그래피에 단편의 경우 조단역은커녕 주연도 잘 올라가지 않는 편이어서 (왜 그런지 도무지 모르겠다. 단편영화에 대한 무관심의 결과 같다) 다 남아 있지는 않지만 정말 많은 작품을 하셨다. 한번은 단편영화 네 편이 묶인 〈오늘, 우리〉 시사회에 다녀왔다. 그중 무려 두 편에 유창숙 배우님이 나오셨다. 한 번은 〈2박 3일〉의 할머니로, 또 다른 한 번은 〈5월 14일〉의 할머니로. 캬, 독립영화의 할머니시다, 정말.

배우님은 모르는, 나와 배우님의 인연은 이렇게 10년 전부터, 현장에서 실제로 뵙거나 다음 날 연달아 치과 광고에서 뵙기도 하고, 영화제와 외주 아르바이트 참고 자료에서 뵈면서 이어졌다. 이어 졌다기보다 내가 일방적으로 팬이 되었다고 해야 하지만 언젠가 꼭 이어지고 싶어서 그렇게 표현해 보았다. 유창숙 배우님은 소위 말해 '늦게' 시작했지만 계속하고 있다. 그게 얼마나 나에게 힘을 주는지 모르겠다. 나도 언제든 늦을 수 있고 늦어도 계속할 수 있다.

언젠가 〈까치산 할머니〉라는 영화를 만들고 싶어 벼르고 있다. 다큐멘터리와 픽션을 섞은 영화이다. 앞부분 다큐멘터리는 유창숙 배우님에 대한 인터뷰와 배우님의 일과를 촬영한다. 촬영 가는 길, 마치고 오는 길을 찍으며 섭외는 어떻게 진행하는지, 어떻게 연기를 시작했는지 등을 묻는다. 인터뷰의 마지막 질문은 이거다. "배우님이 가장 찍고 싶은 영화는 어떤 영화예요?" 그리고 그 질문의 대답인 극영화가 시작된다.

찍을 수 있을까? 웬지 오늘도 열심히 촬영 중일 것 같은 유창숙 배우님에게 팬심을 담아 글을 마무리한다. 또 뵈어요! 항상 반갑습니다!

친구들은 나를 할머니라고 부른다

나를 포함한 네 명의 친구가 한 건물에 모여 살고
있다. 아니 강아지, 고양이 가족까지 합쳐 여덟이
다. 정말 재밌을 것 같죠? 맞다, 정말 재밌다. 멤버
구성부터 설명을 해야겠다. 계속되는 메뉴 테스트
로 친구들을 행복하게 하는 비건 요리사 A, 뭐든지
선뜻 함께 해주고, 함께 가줘서 별명이 키링인 작가
B, 친구들이 아프다 소리 한마디만 내뱉어도 영양
제 서랍으로 달려가는 배우 C, 내 발자국 소리가 들
리면 문 앞에 나와 기다려주는 강아지 D, 까칠한데
사회성 제일 좋은 고양이 E, 목소리 작고 식탐 많고
다정한 고양이 F, 콩콩이(고양이가 사람 몸에 머리
로 박치기를 하는 행위, 애교다) 마니아이자 드러눕
기 마니아 고양이 G, 그리고 나다.

우리는 어쩌다가 가족이 되었다. 누가 물어보
면 혼자 산다고 대답하지만 이게 가족이지 뭐야. 음
식을 나누고 휴지를 나누고 고민을 나눈다. 밖에서
상처를 덕지덕지 묻혀 와도 나누고 나면 조금은 나
아진다.

친구들은 가끔 나보고 할머니라고 한다. 여러
상황이 있는데 첫 번째는 내가 나물을 손질할 때다.

나는 장 볼 때 마트 채소 코너에 오래 머무른다. 단지 내가 비건을 지향하고 있어서는 아니다. 채소, 샐러드 싫어하는 비건들 정말 많다. 나는 반대다. 호기심이라고는 없는 타입인데, 채소 코너만 가면 친구들이 먹어보지 않은 채소도 툭툭 장바구니에 넣고는 한다. 친구들은 나로 인해 평소에 잘 접하지 않던 채소들을 먹게 된다. 그 채소들은 주로 머위, 호박잎, 민들레, 곰취 등이다. 어릴 적부터 나는 채소를 잘 가리지 않았다. 경상도 출신인 아빠 때문에 엄마는 경상도 음식을 많이 했고, 청양고추를 볶아 만드는 경상도식 고추 쌈장을 머위, 호박잎, 곰취 등의 쌈 채소와 함께 내주곤 했다. 경험이 나를 만든다고 장 보러 가면 그 채소들이 눈에 띈다. 엄마를 도와 음식 한번 직접 해본 적 없는 불효자를 도전하게 한다. 그 도전의 마음은 먹어보지 않았던 채소들에게까지 뻗친다. 한번은 민들레를 사서 무쳤는데 쌉쌀한 것이 대체육을 구워서 곁들여 먹기 제격이었다. 비빔밥에 들어가 온갖 녀석들과 비벼져도 자신만의 봄을 뽐낸다.

머위, 호박잎, 곰취는 데쳐 먹는다. 1번 순서가 '다듬기'인데 이 과정에서 나는 할머니 소리를 주로

든다. 큰 소쿠리에 채소를 넣고 바닥에 앉는다. 절대 책상은 안 된다. 허리가 좀 아파도 바닥에서 하는 것이 왜인지 모르게 자세가 나오고 잘 된다. 끝부분을 꺾어 죽 당기면 까끌한 부분이 얇게 분리된다. 하다 보면 손톱 밑이 검게 물든다. 비누로 씻고, 머리를 감아도 하루 이틀은 그렇게 물들어 있다. 남들 보기에는 꼬질꼬질해 보일지 몰라도 정성스레 채소를 다듬은 '할머니'적인 훈장이라 나는 좋더라. 구수한 호박잎은 주로 된장찌개와 먹고, 쌉쌀한 머위랑 곰취는 고추 쌈장과 먹는다. 엄마가 만들었던 고추 쌈장 맛을 기억해 대충 흉내를 낸다. 청양고추를 다지고, 볶기는 귀찮으니까 조선간장, 고춧가루, 연두를 대충 넣어 섞는다. 의외로 반응이 괜찮았다. A, B, C 친구들이 아주 맛있게 먹어주었다. 작은 잎들은 대충 뜯어 된장찌개에 넣는다. 그럼 아주 맛있는 머위 된장찌개, 호박잎 된장찌개가 완성된다.

강유가람 감독의 영화 〈이태원〉을 보면 할머니들이 모여서 같이 나물을 다듬는 장면이 나온다. 지나가다 갑자기 합류해서 다듬으신다. 아니 서로 아는 사이이긴 한 거겠지? 할머니들은 같이 다듬고 나서 n분의 1로 분배하지 않을 것이다. 그냥 검게 물든 손톱 밑만 나눠 가지고 집으로 돌아가겠지.

요리사인 A가 참나물페스토를 이용한 팝업 식당을 연 적이 있었다. 나는 냉큼 A의 집으로 달려가 참나물 다듬기에 동참했다. 참나물은 손톱 밑을 까맣게 물들이진 않았다. 하지만 친구가 한창 바쁠 때 무언가 도움이 되었다는 사실은 손톱 밑을 매만지게 했다.

언젠가 C와 함께 술집에 갔는데 사장님이 머위를 된장, 초장에 무쳐주셨다. 고게 참말로 맛있었다. 하루는 C의 집에서 술을 먹는데, C가 술안주로 그때 그 머위무침을 카피해 내줬다(내가 다듬은 머위였다). 머위무침에 소주를 먹는데 '아, 나는 할머니 돼서도 이렇게 나물 반찬 안주 삼아 소주 한잔하겠구나' 싶었다. 괜히 다리 한쪽을 의자로 올리고 무릎 위에 팔을 얹어보았다. 할머니들이 흔히 하는 자세가 나올 줄 알았는데 아직은 태가 안 난다. 장군님에게 비보를 전하러 온 부하의 모양새가 되어, 비장하게 외칠 '전하!' 없이 소주를 마셨다.

내가 할머니 소리를 듣는 이유는 더 있다. 아직 서른둘인데 아침잠이 점점 없어진다. 아침잠 없어지는 것이야 개운하고 좋은데 새벽잠까지 없어지고 있다. 요새는 밤 10시쯤 잠들어 새벽 서너 시면 깬다. 깨서는 뭘 해야 하나 멍하니 있기 일쑤다. 왜 나는 매번 이 시간에 깨는 걸까. 그리고 아침녘에 노래방 서비스처럼 한 시간 정도 추가로 잠을 잔다. 특별히 고민이 있지도 않고, 최근에는 은둔을 하며 사람 만나는 일이 줄면서 스트레스도 자연스레 많이 줄었는데 왜일까. 잠 오는 약을 처방받아 먹어도 비슷하다. 잠이 더 부드럽게 빨리 잘 들긴 해도 깨는 시간은 똑같다. 이 소식을 들은 친구들은 정말 내가 할머니가 되어가는 것 아니냐고 했다. 그런가. 『아무튼, 할머니』를 쓰면서 나는 할머니가 되어가고 있는 걸까. 하지만 모든 여자들은 매시 매초 할머니가 되어가고 있지 않나요?

새벽에 깨면 가장 먼저 시계를 본다. 아이고, 또 이 시간이네. 잠을 더 청해봤자 무용할 것을 경험상으로 안다. 물을 한 모금 마시고 어둑어둑한 창밖을 본다. 뭘 해야 하지. 고민하면서 소파에 눕는다. 작은 조명을 켜고 쿠션으로 뒷부분을 막아 집

전체가 환해지지 않게 조절한 뒤 휴대폰 게임을 한다. 게임을 좀 하고 나면 또다시 멍하다. 뭘 해야 할까. 기타 연습을 하면 이웃들이 깨는 시간. 글을 쓰거나 노트북으로 할 수 있는 일을 한다. 천생 백수처럼 생겨서 나는 워커홀릭인 걸까. 일을 안 하면 도무지 뭘 해야 할지 모르겠을 때가 많다. 나는 노트북 앞에 조용히 앉아, 마감을 일주일이나 먼저 하기도 하고, 한 달 남은 촬영의 일일촬영계획표 틀을 만들기도 한다. 그러다 보면 창밖이 서서히 밝아진다. 조명을 끈다. 이제는 조금 소리를 내도 될 것 같다. 어제 설거지해놓은 그릇들을 정리해 넣는다. 또각또각, 뚜껑이 그릇에 맞아 떨어지는 소리가 왠지 차갑고 야박하게 느껴져서 내가 연출한 영화 〈마더 인 로〉에도 그 장면을 넣었지. 남은 설거지가 있다면 설거지도 한다. 그리고 다시 소파에 누워 휴대폰 게임을 한다. 뭔가를 해야 한다는 생각을 계속 하면서. 그러다가 뭔가 떠오르면 이렇게 다시 노트북 앞에 앉는다. 메일을 쓰고 발송 예약을 한다. 오전 6시에 메일을 보낸다면 상대는 나를 일 매너 없다고 생각할지도 모르니까. 할 일 목록들을 한 번 더 본다. 할머니들은 이 시간을 어떻게 보냈을까. 새벽에 일찍 눈이 떠지면 무엇을 했을까. 아랫집 할아버지는 일찍 일어나 출근을 하던데, 할아버지가 출근하고 나면 할머니는 무얼 하실까. 벌레 소리만 나다가 새소리만 슬쩍 더해지는 이 새벽을 어떻게 보낼까. 마른기침을 할까. 방바닥의 머리카락을 주울까. 소반 앞에 앉아 넘어가지 않는 아침을 대충 해결할까. 집 앞에 나가 산책을 할까.

친구들과 강아지를 임보한 적이 있다. 아침 산책 담당은 당연히 할미인 내가 담당했다. 아이를 데리고 나가서 인적 드문 주택가를 걷다 보면 골목을 오가는 할머니들을 만나게 된다. 출근하는 젊은이를 볼 때도 있지만, 라디오를 들으며 운동하듯 계속 같은 길을 도는 할아버지도 있지만, 대체로 할머니들이다. 심심해서 나오셨나. 의자를 두고 앉아 계신 분도 있다.

수많은 할머니는 이 시간을 어떻게 보낼까. 아침잠에 이어 새벽잠을 잃고 나니 그런 생각이 들었다. 그 할머니들하고 채팅을 할 수 있다면 좋을 텐데. 지금 뭐 하세요? 나. 그냥. 있다. 어느덧 앞집 아이가 학교 가는 시간이 되었다.

B와 C는 외출을 좋아해서 '외출팀'이라고 불리고 A와 나는 집을 좋아해서 '집팀'이라고 불린다. 집팀 멤버 중에서도 나는 더 극심한 집순이다. 가끔은 보름 가까이 쓰레기 버릴 때 말고는 나가지 않아 배출 때만 나가는 존재가 되기도 한다. 코로나로 인해 공연이 줄고 공연이 줄어드니 미팅이 줄고 그러니 나갈 일이 더 줄었다. 다행히 글 쓰는 일들이 이렇게 들어와 연명하고 있다. 나는 글도 집에서 쓴다. 카페는 내게 너무 사치처럼 느껴진다. 카페에 가는 사람을 비방하는 것이 아니다. 나는 집에서 일을 할 수 있는 타입이기에 카페에 굳이 갈 필요가 없는 것뿐이다. 게다가 나는 커피도 못 마시고 집 밖에서 화장실 가는 것도 꺼린다. 또, 후각이 지나치게 예민해 길거리에서 나는 냄새로 고통받을 때도 많다. 아무튼 집이 최고다. B와 C는 훌쩍 먼 곳으로 가 글을 쓰고 오기도 한다. 당일로 인천에 다녀오기도 하고, 2박 3일로 속초를 가기도 한다. 가는 날이면 왠지 손주 보내는 마음으로 배웅을 한다. 내가 잠옷 차림으로 나가서 배웅을 하면 차에 탄 친구들이 할미 같다고 낄낄 웃으며 사진을 찍는다. 나는 보답하듯 가라는 손짓을 휘휘 한다. 어쩔 때는 더 웃기고 싶어 어디선가 난 밀짚모자까지 쓰고 나간

적이 있다. "할머니, 다녀올게!" 하고 친구들은 내 손짓처럼 휘휘 간다. 그러고 나면 집으로 다시 올라가는 그 몇 계단이 좀 쓸쓸하다. 떠날 줄밖에 모르는 것들! 돌아올 걸 뻔히 알면서 원망을 해본다.

　나는 친구들의 할머니이기도 하지만 C는 나의 엄마다. 아무 이유 없다. 내가 그냥 가끔 엄마라고 부르기 때문이다. C도 나보고 엄마라고 한다. 그리고 또 A는 B보고 우리 아이라고 한다. 나는 나의 증조할머니이자 증손주다. 본래의 엄마, 할머니 의미를 새카맣게 잊은 것처럼 그냥 막 부른다. 족보가 엉망이다. 그래도 가족임은 분명하다. 제도상 우리를 맺어주는 것은 하나도 없다. 그래서 우리는 이따금씩 유서를 꼭 써놔야 한다고 말을 한다. 아, 유서 써놔야 하는데, 하고 전기세 깜빡한 것처럼 이야기한다. 유서를 써야만 묶이는 관계가 참 이상하다. 올해 가기 전엔 진짜 유서를 써놔야겠다. 우리 손주들, 이 할미가 챙겨야지. 언젠가 나물 다듬는 일이 귀찮아져 그만두어도, 오후까지 쿨쿨 자는 잠꾸러기가 되어도, 기다리지 않고 훌쩍 떠나는 성격이 되어도 나는 애들의 할머니일 것 같다. 그때는 애들도 할머니일까.

갱스터 할머니

영화 속에서 사회적 약자는 스테레오타입으로 많이 등장한다. 아주 귀여운 어린이, 발랄하고 꾸미기 좋아하는 게이, 명품을 좋아하는 여자, 손주밖에 모르는 할머니 등이 그러하다. 그리고 이들은 덜 약자성을 띤 주인공 캐릭터를 각성시키는 역할을 한다. 아이들은 종종 그들의 순수함으로 탁할 대로 탁해져버린 어른 주인공을 각성시키고, 못된 남자는 여자의 사랑으로 인해 각성하며, 호모포비아였던 논-퀴어 캐릭터는 퀴어 캐릭터를 통해 자신의 편협함을 벗어낸다. 그렇다. 약자성을 가진 캐릭터는 개인의 서사 없이 약자성 자체로 등장하며 주인공을 각성시키는, RPG 게임에서 다 죽어가는 캐릭터의 HP 혹은 MP를 채워주는 각성제 역할을 한다.

미국의 여자 교도소를 다룬 드라마 〈오렌지 이즈 더 뉴 블랙〉이 시즌7로 종영했다. 그간 미디어에서 볼 수 없었던 다양한 인종, 성적 취향, 성격의 여성들을 잔뜩 만나볼 수 있는 드라마였다. 이 중에는 물론 '여성'의 스테레오타입이라고 볼 수 있는 여성도 나온다. 꾸미길 좋아하고 자신의 아름다움을 이용하기도 한다. 하지만 그렇지 않은 여성이 8톤 트럭 가득 채워 나오니 그것은 그들의 성격일 뿐이지 여자의 성격이 아니게 된다. 그리고 개개인이 왜 그렇게 행동하는지에 관한 서사도 충분히 나온다.

〈오렌지 이즈 더 뉴 블랙〉(이하 한국에서 부르는 줄임말 '오뉴블')은 다양한 여성 서사를 갈망하던 한국에서도 큰 사랑을 받았다. 비록 동양인 캐릭터가 딱 두 명 등장하고 이름도 '챙'과 '소소'인 것이 한없이 아쉽긴 했다.

'오뉴블'에는 할머니들도 잔뜩 나온다. 교도소 드라마 특성상 그들의 공통점은 전과자라는 것이다. 그리고 노인이 되어 감옥에 들어온 케이스보다 노인이 될 때까지 여기에 있었던 장기수들이 많기 때문에 그들의 전과는 무시무시한 범죄임이 분명하다. '오뉴블'에서는 인종으로 파가 나뉘는데 각인종의 두목, 엄마 역할을 하는 중년 여성들은 할머니 그룹에 끼고 싶어 하지 않는다. 우선 한국에서는 '집밥'이나 '손맛' 앞에 주로 붙는 '엄마'라는 단어가 여기서는 교도소 각 파의 우두머리를 가리키는 것 자체가 우리의 선입견을 때려 부수는 더없이 쿨한 장치로 기능한다. 교도소의 할머니들은 인종으로 나뉘지 않고, 그저 할머니들끼리 모여 지낸다. 다른 죄수들은 그들을 존중하지만 끼고 싶어 하지는 않는다. 노인 부류가 되는 것이 싫은 것이다. 다양하고 더러운 범죄를 저지른, 무서운 할머니를 그리면서도 노인 혐오에 대해서 빼놓지 않고 묘사한다.

그중 '프리다'라는 캐릭터는 노인 캐릭터 중 가장 비중 높게 등장한다. 프리다는 연쇄살인마였다. 연쇄살인마였던 할머니라니 한국 미디어에서는 영 낯선 캐릭터다. 프리다는 생존 본능이 엄청나다. 걸스카우트를 했던 경험이 프리다에게는 감옥 내 자신만의 벙커 만드는 재주로 발현된다. 프리다는 가장 강하고 못된 간수를 혼수상태로 만들기도 하고, 젊은 시절 교도소 안에서도 살인을 저지르는 최악의 죄수들 그룹에 몰리지만 영리하게 빠져나오기도 한다. 이런 막강한 프리다조차 떨게 하는 존재가 있다. 역시 할머니인 장기수 '캐롤'이다. 젊은 시절부터 프리다에게 쌓인 분노가 많은 캐롤은 최고 보안을 자랑하는 교도소에서 프리다를 기다리고 있다.

한국 영화에도 나름대로 강한 할머니 캐릭터가 있긴 하다. 하지만 그것이 현실에서는 불가능하다는 전제를 깔고 있는 코미디이다. 할머니들을 중심으로 한 코미디 영화 〈마파도〉. 여운계, 김수미, 김을동, 김형자 배우님이 나오고 젊은 할머니로 길해연 배우님까지 등장한다. 〈마파도〉 할머니들의 첫인상은 괴팍하고, 어쩐지 오싹하다. 그들은 깡패 같은 젊은 남자 두 명을 능수능란하게 다룬다. 그러나 서사가 진행될수록 할머니들은 다시 정 많은 K-할머니로 돌아간다. 나중에는 결국 할머니들의 힘만으로 문제를 해결하지 못하는 상황에 처한다. 젊은 남자들이 큰소리를 치자 꼼짝 못 하는 장면에서는 분노가 인다. 왜 할머니는 강하면 안 돼? 오기가 생기는 작품이다. 검색을 해봐도 젊은 남자 배우들의 이름이 먼저 뜬다.

할머니들이 은행 강도로 분하는 영화도 있다. 김수미, 나문희, 김혜옥 배우님 주연의 〈육혈포 강도단〉이다. 계 모임과 좀도둑질을 병행하던 세 할머니들은 곗돈으로 하와이 여행을 떠날 생각에 부풀어 있다. 하지만 입금 날, 은행에서 강도가 할머니들의 돈을 갖고 튀어버리고, 할머니들은 전문 은행 강도와 함께 은행을 털기로 결심한다. 여기서 할머니들은 강도로 성장을 한다. 가족에게 소외받던 존재, 셋은 1차 작전은 비록 실패하지만 한 번 더 작당하여 악당이 되기로 한다. 처음에는 총을 들고 협박을 해도 사람들은 믿지 않는다. 우습게 여긴다. 하지만 총 한 발을 쏘자 상황이 달라진다. 인질들은 할머니와 강도의 교집합을 찾지 못해 혼란스러워한다. 이 나이 든 강도들은 그런 인질들의 편협함을 비웃기라도 하듯 갈 때까지 간다. 하와이는 못 가고 감옥에 가게 된다. 사람들은 할머니가 강도가 되는 말도 안 되는 영화라고, 팝콘무비로 즐겼을지 모르겠지만 영화 속에서 노년의 여성이 악당으로 성장하는 경우는 매우 드물다. 하지만 무자비한 악당으로 무섭게 그려지지 않은 것은 사실이다. 선한 의도를 가진 사람들이었고 분해서 악당이 되는 전사를 우리가 알고 있기에 오히려 응원을 하면서 보게 된다.

〈마파도〉와 〈육혈포 강도단〉의 공통점은 할머니는 강할 수 없다는 전제를 깔고 간다는 점, 그리고 김수미 배우가 등장한다는 점이다. 대한민국 강한 할머니의 최전방에 서 있는 김수미 배우의 가장 큰 무기는 욕이다. 우리가 생각할 수 있는 가장 강한, 무서운 할머니는 사실 고작 입이 걸은 욕쟁이 할머니인 것이다.

다시 '오뉴블'의 프리다로 돌아가자. 프리다는 진짜 무섭다. 현실에서 절대로 마주치고 싶지 않다. 마주치는 순간 바로 날 해칠 것 같다. '오뉴블' 속 여자들은 사람을 죽이고, 때리고, 마약을 하고, 폭력적이고, 욱하고, 더럽고, 끔찍하다. 한 스탠드업 코미디언이 이런 말을 했다. "변호사, 의사, 우주비행사를 떠올려보세요. 그중에 한 명이라도 여성이 있나요? (한두 명이 손을 들었다.) 좋네요. 자 그럼 마약중독자, 쓰레기, 성격파탄자를 생각해보세요. 한 명이라도 여성이 있나요? (아무도 손을 들지 않았다.) 제가 부수고 싶은 건 유리 천장뿐만 아니라 유리 바닥입니다." 정확한 워딩이 다 생각이 나지 않아 다른 부분도 있을 것이다. 하지만 그 얘길 들었던 순간의 충격만큼은 생생하다. 맞다, 그러네. 어떻게 보면 여자를 악하지 않게 그리는 것도 납작하게 그리는 방법 중 하나일 수 있겠구나.

웹툰 〈이대로 멈출 순 없다〉에는 한마디로 막장 여자고등학교가 나온다. 술 담배는 기본이고, 주먹질에 패싸움을 일삼는다. 이들의 그림체 또한 대단하다. 머리가 길고 청순한, 화장한 여고생이 아니다. 어떤 여고생은 머리가 아주 짧고, 어떤 여고생은 큰 키에 무표정이며, 타투를 온몸에 한 타투이스트 여고생도 있다. 뚱뚱한 여고생, 퀴어 여고생, 조선족 여고생 등은 물론이고 힘세고 싸움 잘하는 여고생은 셀 수 없이 여럿 등장한다. 이 만화를 보는데 묘한 쾌감이 느껴졌다. 포효하는 여성들, 난리 치는 여성들, 강하고 세고 싸우는 여성들은 내 가슴속의 뭔가를 꿈틀거리게 했다. 그건 가해자가 되고 싶은 마음이 아니다. 자유롭고 싶은 마음이다.

하지만 웹툰은 웹툰일 뿐 저런 여고생이 어디 있어? 하며 또 약한 여성 찾기에 혈안인 사람들이 있을 것이다. 여성 경찰들의 이야기를 다룬 영화 〈걸캅스〉가 나오자 몇 장면은 말이 안 된다며 시비를 턴 관객들이 있었다(정확히 영화를 봤는지 알 수 없으니 관객이라고 부르는 게 맞는지 잘 모르겠다). 어떻게 여자가 저게 가능해? 이런저런 이유로 현실 세계에서 여자가 저렇게 하는 것은 불가능하고, 그리하야 개연성이 떨어진다는, 여경에 대한 편견 섞인 말들을 쏟아냈다. 수많은 남자 경찰이 성범죄에 연루되어도 사람들은 남경 전체의 문제로 삼지 않는다. Man이 사람인 세상에서 그저 '한국 경찰들 왜 저러냐'는 댓글을 달 뿐이다. 여경의 문제는 다르다. 이건 진짜 '걸캅스'의 문제로 돌린다. 화제가 되었던 영상이 있다. 범죄 현장에서 아무런 행동도 취하지 못하고 있는 여경의 무능함을 촬영한 영상이었다. 무자비한 비판이 일었다. 여경 무용론이 일파만파 퍼졌다. 하지만 정작 그 영상 속 여경은 여경이 아니었다. 지나가는 남성 행인이었다는 사실이 추후 밝혀졌다. 모두 사과는 하셨나요? 여자는 약하다는 전제는 직업 경찰에게까지 향한다.

이런 상황이니 할머니의 경우도 매한가지다. 한국 미디어 속 할머니는 약한 할머니, 아픈 할머니, 손주밖에 모르는 할머니, 정 많은 할머니, 치매에 걸린 할머니, 기껏해야 욕쟁이 할머니다. 아예 불가능하기 때문에 그렇게 그려지는 걸까? '프리다' 캐릭터는 현실 불가능한 것을 창조해낸 '오뉴블' 제작진의 억지일까?

최근에 본 한 기사가 떠오른다. 스페인에서 포르투갈로 마약을 밀반입하던 79세의 마약 조직 두목 할머니가 잡혔다. 기사 제목에는 '반전'이라는 단어가 들어갔다. 그 할머니는 기업인 행세를 하며 거래처에서 받아낸 돈으로 코카인을 사서 장사를 했다. 경찰도 이런 자금 조달 스타일은 처음 본다며 혀를 내둘렀다고 한다.

내가 꿈꾸는 세상이 할머니 범죄자가 판치는 세상이라고 오해하지 말길 바란다. 다양했으면, 납작하지 않았으면 하고 바랄 뿐이다. 소스처럼 주인공 서사에 맛을 내주는 역할, 틀에 박힌 역할, 각성제 역할이 아니라 스스로의 서사를 가지고 발전하고 성장하는 역할, 고정관념을 뒤집는 역할이 스크린에 나오길 희망할 뿐이다. 그래서 사람들이 할머니를, 아이를, 퀴어를, 여성을, 장애인을, 유색인을 단지 지금의 사회가 바라보는 그대로가 아니라 다양한 시선으로 바라보길 바란다.

"너답지 않아." "나다운 게 뭔데?" 이 클리셰가 여기에 꼭 맞는 말이다. 할머니답지 않다고? 말이 안 된다고? 할머니다운 게 뭔데? 엄마 손맛이 뭔데? 여성스러운 게 뭔데? 남성스러운 게 뭔데? "나다운 게 뭔데?"까지 가기도 전에 수제 독침을 쏴 죽여버릴 수 있는 프리다가 있다. 슉. 픽. 녹다운.

지겨워 지겨워

우리 동네 마을버스는 참으로 이상하다. 정류장 표식이 없는 구간이 있다. 그런 정류장이 네 개나 된다. 보통은 팻말이 세워져 있기 마련인데 아무 표식이 없고, 당연히 몇 분 기다리세요 하고 안내해주는 친절한 전광판도 없다. 근데 정류장은 유령처럼 존재해서 빵집 앞, 양갱집 앞, 편의점 앞, 교회 앞에 사람들이 어중간하게 서 있으면 버스가 선다. 처음에 이사 와서는 도무지 적응이 안 됐다. 며칠 뒤면 생기겠지 싶었는데 4년째 유령 정류장 앞에서 버스를 기다리고 있다.

운행 대수가 적어 오래 기다리는 일이 부지기수인 이 마을버스는 언덕이 시작되는 빵집 앞에서 사람들이 많이 탄다. 우리 동네 언덕의 경사가 실로 엄청나기 때문에 종점에 사는 나도 시내버스를 타고 온 날은 빵집 앞에 어색하게 서 있다가 마을버스를 탄다. 이제는 빵집 앞이라고 하기도 뭐하네. 빵집도 유령이 되어버렸기 때문이다. 코로나 시국이어서 그런지 새 가게가 몇 달째 들어오지 않고 있다.

정류장에는 대각선 방향에 마트가 있어서 장 본 사람들이 많이 서 있다. 할머니들은 장바구니를 바닥에 척 내려놓고는 허리를 한 번씩 편다. 나는 다리 사이에 장바구니를 놓고 휴대폰 게임을 하면서 기다린다. 휴대폰이 능숙한 나는 버스가 어디쯤 오는지 찾아본다. 정말 멀리 있을 때가 많다. 그러면 건너 편의점에 가 소주를 한 병 사 오기도 하고, 계속 게임을 하기도 한다.

어제도 그랬다. 버스가 '오고 있다'기보다는 '가고 있다'는 쪽에 가까울 정도로 멀리 있었다. 한참 기다려야겠구먼. 사람들이 타고 간 건지 유령 정류장에도 나밖에 없어서 시간 때울 겸 집 냉장고도 채울 겸 소주를 한 병 샀다. 소주를 사 왔는데도 버스는 한참 멀리 있었다. 휴대폰 게임을 하면서 시간을 보내는데 한 할머니가 오셨다. 역시 나처럼 어중간하게 서 계셨다. 조금 지나자 나에게 말을 거셨다. "버스가 너무 안 오죠?" 내가 대답했다. "네. 지금 신촌역에 있대요." 신촌역에 있다 하면 '가고 있다'에서 '오고 있다'로 전환되는 지점에 있음을 뜻한다. "아유 지겨워, 지겨워." 할머니가 정말 지겨운 표정과 지겨운 목소리로 말했다. 왠지 재밌게 해드려야 할 것 같은 기분, 말동무라도 해드려야 할 것 같은 기분이 들었으나 나의 사회성은 그렇게 발달하지 못했다. 다시 휴대폰 숫자 게임을 하면서 간간히 버스가 언제 오나 확인을 했다. 그날따라 천천히, 정말 천천히도 오고 있었다. 한 판 하고 봐도 몇 바퀴 굴렀나 싶을 정도로 느렸다. 막히나. 한 엄마와 아이가 어중간한 대열에 합류했다. 아이도 이내 지루한지 버스가 왜 이렇게 천천히 오냐고 엄마에게 물었다. 엄마는 휴대폰 화면을 보여주면서 "지금 여기 있는데 여기를 돌면 온대"라고 친절하게 대답해주었다. 엄마와 아이는 햄버거 인형에게 말을 걸면서 재밌게 기다렸다. "지겨워, 지겨워." 할머니가 대뜸 한 번 더 입을 여셨다. 가슴이 쿵 했다. 비단 버스만 지겨운 게 아닌 듯 모든 것이 지겨운 목소리였다.

사는 게 지겨워지기도 할까. 나는 요새 같이 사는 친구가 출장을 한 달이나 가는 바람에 좀 심심해졌다. 게다가 잠이 없어져서 더 그렇다. 안 하던 행동을 하게 됐다. 이따금씩 나는 쿠션에 턱을 대고 끌어안은 채 창밖을 본다. 몇십 초를 그렇게 있다 다시 자세를 바로한다. 미국 드라마 한 시즌을 보았고, 일본 드라마 반 시즌을 보았다. 간간히 일을 하고 요리를 해서 밥을 먹는다. 원래 혼자가 제일 편했던 사람인데 확실히 편하긴 하지만 뭔가 조금 심심하다. 하지만 이 감정은 지겨움과는 확실히 다르다.

심심함이 정류장도 빵집도 없는 평지라면, 지겨움은 종점까지 이어지는 언덕이다. 걸어도 걸어도 지겹도록 경사는 뻔뻔하다. 종점 전 정류장인 교회부터는 언덕이 더 절정인데, 거길 걷는 것이 아마 지겨움의 절정일 것이다. 스물한 살 때, 사는 게 지겨웠다. 아니 지겨웠다기보다는 그 시간들을 견디는 게 힘들었다. 영원할 것 같았던 사랑의 실패는 나를 파국으로 몰았다. 외부적인 요인으로 사랑이 끝난다는 것을 믿을 수가 없었다. 어떻게 그래. 사랑이 어떻게 그래. 사랑으로 다 만든 거잖아, 이 세상은. 그런 세상에서 살 수가 없었다. 그만 살 시도를 해보기도 하고 시간이 지겨워 술을 퍼마셨다. 술은 시간을 타서 만든 물이다. 물리적 시간을 빨리 가게 해주는 만큼 내 신체적 시간도 빨리 가게 해 몸이 축났다. 지금은 안다. 사랑이 없는, 사랑을 믿지 않는 그런 세상이 아주 크지만, 그런 세상만 있지 않다는 것을. 내 곁에는 진짜 사랑을 소중히 여기는 사람들이 있고, 우리 세상은 확장 중이라고 믿는다. 믿어야 지겹지 않으니까.

스물다섯 살 때도 비슷한 이유로 시간이 지겨웠다. 시간아, 가라. 가거라 어여. 저녁 6시에 여는 술집 앞에 5시 55분까지 갔다. 혼자서 매일 술을 마셨다. 항상 '버낄라'라는 메뉴를 시켰다. 버드와이저의 '버'와 데낄라의 '낄라'를 합쳐 만든 이 메뉴는 말 그대로 버드와이저 한 병과 데낄라 한 잔이 나왔다. 맥주를 잔에 따르고 데낄라를 부은 다음 꿀꺽꿀꺽 마셨다. 고거 세 세트 정도면 시간이 훨훨 날았다. 모든 직원과 친해졌고, 그중 한 명은 드러머여서 1집 발매 공연을 같이 하기도 했다. 하지만 술이 깨고 나면 야속한 시간은 지겹도록 가지 않았다. 근데 언제부턴가 시곗바늘이 똑딱똑딱 움직이기 시작했다. 스물다섯 살 때 받은 사랑으로 인한 마음의 상처가 나았을 때부터였다. 너무 거창하네. 새로운 사람 만나니까 좀 나아졌다. 뭐 그래도 술은 꾸준히 마셨다.

내가 느꼈던 지겨움들은 그래 봤자 '지겹다' 정도다. 정류장 같지 않은 정류장에서 "지겨워, 지겨워"를 연신 내뱉을 정도는 아니었다. 할머니는 얼마나 지겨운 걸까. 나도 오래 살다 보면 저런 감정을 느낄까. 마을버스는 진짜 왜 이렇게 안 오는 걸까. 나도 슬슬 지겨워졌다. 할머니의 미간은 더 좁아졌다. 무슨 일이 생긴 것 같지는 않았다. 정말 느리지만 오고는 있었기 때문이다. 나는 휴대폰 게임이 있고, 아이와 엄마는 햄버거 인형이 있는데, 할머니는 시간 때울 것이 아무것도 없었다.

엄마도 가끔 그런 말을 한다. ○○살까지만 살고 싶다고. 나는 퉤퉤퉤 하라고 재빨리 응수하지만 속상하다. 오래오래 이것저것 해보면서 살면 안돼? 물론 엄마 말의 의도는 안다. 치매에 걸리기 전까지, 너무 몸이 아프기 전까지, 그래서 이것저것 해보고 싶은 마음도 안 들고 밥도 잘 안 넘어 가고 그러기 전까지 살고 싶다는 말이겠지. 그런 이야기가 없으니까. 할머니가 되어서도 재밌게 놀고 새로운 걸 하고 사회생활을 하고 성장을 한다는 이야기가 없으니까.

친할머니도 비슷한 말을 했었다. 빨리 죽어야한다고. 먼저 돌아가신 친할아버지가 데려갔으면좋겠다고. 친할머니는 그 시절에 교사를 했을 정도로 교육을 많이 받은 분이었다. 하지만 어느 날 다리를 다치더니 가끔 이상한 말을 했다. 맥락 없는 이야기를 조금씩 하기 시작했고 가족들은 치매를 의심했다. 그리고 한 번 더 다치면서 아예 어린 시절로 돌아가버렸다. 원래는 경남 거창에 살았는데 서울 요양병원에 입주를 하게 되었다. 거창 집을 팔아 병원비에 보탰다. 할머니는 나도, 엄마도 잘 못 알아봤다. 아빠만 가끔 알아봤다. 예전에 엄마가 김치를 담가 가면 싱겁고 맘에 안 든다는 표시로 "소금 뿌려 먹었데이" 하고 고 수준의 돌려돌려 핍박을 주셔서 난 할머니가 밉기도 했다. 그런 할머니가 한순간에 치매가 심각해져서 우리도 못 알아보고 "와카리마센!"이라고 외치며 외할머니가 할 법한 주먹 감자 먹이는 장난을 치셨을 때는 정말 충격이었다. 치매가 너무 무서웠다. 할머니의 상태는 점점 악화되었고 아예 말씀도 못 하게 되었다. 미소를 짓는 정도로만 의사표현이 가능했다. 올초 병원에서 연락이 왔다. 마음의 준비를 하라는 말을 진짜로 듣게 되는구나. 그리고 얼마 안 가 할머니는 돌아가셨다.

치매의 걸리기 전 할머니의 일상을 생각해본다. 할아버지가 떠나고 나서 홀로 있는 텅 빈 집이 지겨웠을까. 그래도 거창은 할머니의 삶의 터전이어서 마을 사람들하고 친했고 교류도 잦았다. 불교

신자로 절에서 사회생활도 했다. 간간히 놀러 오는 사람들도 있었다. 그런데 왜 죽고 싶어 하셨을까.

할머니의 딸, 고모는 계속 무언가를 배운다. 복지센터에서 사물놀이를 배우고, 영어를 배우고, 최근에는 코로나19 때문에 집에 있지만 그전까지는 계속 배웠다. 고모는 즐거워 보였다. 고모는 복지회관에 'ㄱ' 자가 떨어졌다면서 깔깔 웃는 분이다('관'의 'ㄱ' 아니고 '복'의 'ㄱ'이다). 우리 고모도 이제는 일흔이 넘었으니 어엿한 할머니다. 근데도 지겨움과는 거리가 멀어 보인다. 얼마 전 통화를 했을 때도 거리두기 때문에 방귀도 2미터 거리를 두고 뀌어야 한다는 농담을 했다(고모와 나의 공통점은 방귀를 무척 좋아한다는 것이다). 고모의 방귀 사랑은 해가 지나도 변함이 없다. 새로운 걸 계속 찾아하는 고모는 할머니가 살아 계실 때 미국에 있는 딸을 보러 할머니를 모시고 미국 여행을 다녀오기도 했다. "패스포트 프리즈, 안 카드나?" 하면서 호호 웃던 고모는 정류장의 무기력한 할머니와는 달랐다. 물론 나이 차이도 있지만, 할머니는 새로운 뭔가를 더 만났어야, 배웠어야, 접했어야 했을까. 그럼 삶에 대한 감정이 좀 달랐을까.

드디어 버스가 왔다. "아이고 이제야 오네." 그 목소리조차 지겨움이 잔뜩 묻어 있었다. 올라타시면서 "한참을 기다렸네" 하고 모두에게 들리도록 혼잣말을 하시고는 빈자리에 털썩 앉으셨다. 버스는 왱왱 요란한 소리를 내며 언덕을 올라갔다. 반동을 받지 않으면 그냥 가기 힘든 언덕길이라 항상 요란한 소리가 난다. 집에서도 그 소리가 들릴 정도다. 종점에 도착해 내리려고 카드를 찍는데 콧노래가 들렸다. 아까 그 '지겨워' 할머니가 콧노래를 흥얼흥얼 부르고 있었다. 뭐야. 정말 어이가 없으면서 마음이 놓였다. 그래, 사는 게 지겨워질 리가 없어.

엄마는 작년 아주 싼 가격에 첼로를 사서 배우기 시작했다. 엄청 재밌어 하고 즐거워했는데 그만 손이 고장 나버렸다. 외할아버지 간병에, 집안일에 닳고 닳은 손은 정작 재밌으려는 순간에 그만하라는 신호를 보냈다. 엄마손 파이는 그런 아픔이 있는 파이랍니다. 아빠손 파이와 5 대 5 비율로 팔아야 합니다. 엄마 손은 이미 몇 번 수술을 한 손이어서, 의사는 더 수술하고 싶지 않으면 첼로도 집안일도 전부 다 그만두라고 했다. 평생 콘트라베이스를 연주하며 든든히 남을 받쳐주던 엄마가 이제 첼로로 멜로디를 좀 연주해보겠다는데 내가 다 억울했다. 엄마는 의사의 말에도 큰 통에 쌀을 씻고, 오이지를 꼭 짜서 반찬을 하고, 나를 제외한 아빠, 오빠까지 세 식구 장을 양손 가득 봐 들고 집으로 간다.

그러니까 젊어서부터 관리를 잘해야 한다. 관리가 별게 아니다. 여자는 이기적으로 살아야 해. 누군가가 했던 말이 스친다. 사는 게 재밌는, 삶이 지겹지 않은 할머니가 되려면 이기적인 아가씨가 되어야 한다. 사실 이기적인 것도 아니지. 헌신적이지 않을 뿐. 사실 아가씨도 아니지. 나는 서른두 살이니 아줌마인가.

아무튼, 할머니라고 해서 새로운 것이 싫고 귀찮을 리 있나. 남편 밥, 아들 밥, 가족 밥을 차리는 인생이 지겹고 싫을 수는 있어도 삶 자체가 지겹지는 않을 것이다. 살 만큼 살았다는 말은 거짓말 같다. 배 터지게 밥을 먹어도 몇 시간 지나면 꼬르륵대는 뱃가죽처럼, 삶은 채워도 채워도 끝이 없을 것이다. 나는 재밌게 살고 싶다. 지겨운 것은 정류장도 제대로 표시 안 해놓은 느림보 마을버스뿐인 할머니가 되고 싶다. 체력을 키워서 가끔씩은 걸어 올라가면서 교회부터 집까지는 지겨울지라도 집에 들어가면 콧노래가 흥얼흥얼 나오는 할머니가 되고 싶다. 지겹도록 살아보고 싶다.

박막례 할머니의 피드백

시나리오를 쓰게 되면 피드백을 주고받는 과정이 따라붙는다. 이 과정에서 작가는 미처 보지 못했던 부분을 발견해 채우기도 하고, 새로운 아이디어를 탄생시키기도 하며, 비극적이게도 가슴에 큰 상처를 입기도 한다. 건설적인 피드백을 주고받기란 참으로 어려운 일이다. 첫째로 피드백을 주는 사람의 태도와 피드백의 내용이 문제다. 피드백은 무조건적인 비판, 문제 제기가 아니다. 어떻게 하면 상대방이 보여준 작품에 더 도움이 될 수 있을지를 고려해야지, 평가하는 일이 아니다. 하지만 몇몇 사람은 누군가가 자신에게 '조언'을 구하는 것을 자신의 권력과 능력이 그 누군가보다 높다는 것으로 받아들이고 피드백 아닌 피드백을 준다.

별론데. 재미없는데. 이상한데. 마치 오디션 프로그램의 악마 역할 심사위원이 된 것처럼 틱틱 내뱉는다. 이런 말은 시나리오와 생전 인연이 없던 사람도 줄 수 있는 의견이다. 정말 당신이 능력이 있다면 그런 피드백은 주지 않을 것 아닌가. 좀 더 이상한 피드백의 사례를 들어보겠다. 작가가 성소수자야? 지 얘기야? 작가 어리지? 실제로 이런 피드백이 존재하냐고요? 안타깝게도 존재한다. 물론 작가가 원해서 받은 상대의 피드백이 아닐 경우가 많다. 한 다리 건너, 예를 들면 제작사 대표가 아는 사람들에게 피드백을 구하는 경우, 감독은 어리고 주변 사람들도 고만고만하니 자신이 나서서 경력 많은 사람들에게 피드백을 받아다 주겠다는 경우, 학교에서 교수님에게 어쩔 수 없이 피드백을 받아야 하는 경우, 또는 작가보다 경력이 많은 거만한 스태프가 현장에 참여하게 된 경우 등이다. 엔터테인먼트와 투자자의 피드백은 여기서 제외하겠다. 그들은 정말 오디션 프로그램의 심사위원 격이기 때문이다. 아니면 bye를 외쳐도 할 말이 없는 사이다.

피드백의 목적은 감독 기 죽이기도 아니고, 내 취향 뽐내기도 아니다. 이 작품을 더 잘 만들기 위함이다. 정말 좋은 피드백을 받은 적이 있다. 평소 존경하던 감독님을 어느 행사에서 마주치게 되어 연락처를 주고받았다. 지나가면서 고작 한 번 뵀을 뿐이었다. 두근대는 마음으로, 평소 같으면 염치와 온갖 검열이 나를 자제시켰겠지만 작품 한번 잘 만들어보고 싶다는 그 불타는 마음으로, 눈 딱 감고 연락을 드렸다. 흔쾌히 피드백을 주시겠다고 하셨다. 그리고 시간을 잡은 뒤, 채팅으로 실시간 피드백을 주고받았다. 그 이야기들은 진정한 피드백이었다. 뭐가 문제인지, 뭐가 중심인지, 그래서 어떻게 해볼 수 있을지 아이디어가 폭발했다. 한창 지치고 지친 와중에 받은 이런 황금 같은 피드백 앞에서 나는 눈물을 줄줄 흘렸다. 내 것이 썩은 줄로만 알았는데. 나도 참 너무한 것이 주변 친구들이 괜찮다고 해주었을 때는 믿지 않았다. 나를 위해서 해주는 말이겠지 싶었다. 친구들을 믿으면서도 나를, 내 능력을 싫어하고 싶었나 보다. 감독님이 당시 해주신 이야기들을 염두에 두고 시나리오를 다시 읽으며 수정했다. 나 이상한 게 아닌가 봐. 그래, 애초에 작가를 이상한 사람으로 모는 게 제대로 된 피드백이라 할 수 있는가?

피드백은 그만큼 받는 사람의 태도도 중요하다. 나처럼 받으면 안 된다. 필요 없는 피드백은 과감히 거르고, 받을 필요도 없다. 물론 내가 원해서 받은 피드백은 아니었기에 100프로 나의 잘못은 아니지만, 피드백이라고 할 수도 없는 피드백들을 온몸으로 흡수해 자신을 의심하고 분노한 것은 내 잘못이다.

이런 피드백이 있었다. 나는 그 사람의 얼굴도 이름도 모른다. 한 다리 건너, 나의 상사(?)가 받아다 준 피드백이다. "나 보라고 만든 영화 아니잖아?" 그는 사십대 중년 이성애자 남성이었고, 내 시나리오는 여성이 주인공인 퀴어 영화였다. 저 피드백이 다였다. 나는 순간 흔들렸다. 아니 좀 오래 흔들렸다. 당시 나는 많이 지치고 힘든 상태였다. 나의 상태와 저 피드백, 아니 저 말이 만나자 '그래 나는 왜 사십대 중년 이성애자 남성을 배제하고 있지?'라는 생각이 들었다. 소수자를 위한 영화를 만들면서 다수자를 배려하지 않는 나를 편협하다고 생각하다니, 그 생각이야말로 편협하고 자격 없다. 지금이야 이렇게 생각되지만 그때 당시 나는 무슨 정신으로 살았는지 기억이 안 날 정도로 힘들었다. 아침에 눈을 뜨는 것이 너무 괴로웠다. 또 시나리오를 고쳐야 하는구나. 내가 그렇게 사랑하는 영화인데, 시나리오인데, 인물인데, 그 사랑은 변함이 없는데 나는 병들고 있었다.

물론 무조건 안 좋은 피드백은 걷어차야만 하고 칭찬만 쏙쏙 받아먹어야 한다는 뜻이 아니다. 나의 허술함을 받아들이고 수정하고 고쳐나갈 줄 아는 것도 받는 이의 태도라고 생각한다. 하지만 피드백이 아닌 피드백에는 그렇게까지 동요할 필요가 없는 것이다.

영화는 결국 이런저런 일들로 찍을 수 없게 되었다. 영화가 내 일이 아닌가 봐. 내가 그렇게 사랑하는 영화를 하면서 살 수 없나 봐. 나는 능력이 없나 봐. 여태껏 찍은 건 그나마 운이 좋아서 그나마 그나마로 나온 거지, 사실 나는 아무것도 아니야. 나는 그럼 뭐 하고 살아야 하지. 이제 나는 뭘 해야 하지. 1년 넘게 이 작품만 보고 살아왔는데, 아니 10년을 영화만 보고 살아왔는데, 뭘 해야 하지.

나는 폐인이 되었다. 좀 더 긍정적으로 표현하자면 가습기가 되었다. 가만히 누워 온갖 먹방 프로그램들을 보며 울기만 했다. 유튜브로 먹방을 틀어놓고 휴대폰으로 게임을 하면 순간 생각이 마비되는 것 같았다. 하지만 착각이었다. 머릿속은 공사장처럼 시끄러웠다. 소음에 민감하고 조용한 걸 좋아하는 나인데 시끄러운 생각을 끄기 위해 더 시끄러운 것들을 계속 틀어놓았다. 그러니까 스트레스는 또 스트레스대로 쌓였다. 유튜브 광고도 다 봤다.

넘기려면 손을 들어 클릭을 해야 하는데 그게 귀찮았다. 밥은 고추장에 대충 비벼서 침대에서 먹었다. 설거지를 하면 '우와 나 다 나았나 봐!' 하고 착각했다. 착각하고 싶었기 때문이다. 그러고는 다시 누웠다. 자, 여기에 이걸 얹어 먹으면 맛있습니다. 휴대폰으로는 계속 벽돌을 깼다. 노트북은 점점 맛있어지고 휴대폰은 점점 뜨거워졌다. 와중에 한 광고가 나왔다. 박막례 할머니가 나오는 광고였다. 박막례 할머니네, 싫다가 광고 내용에 꽂혀 시선이 노트북에서 멈췄다.

선글라스를 쓴 박막례 할머니가 팔짱을 낀 채 고급스러운 의자에 앉아 있었다. 반려견인 앙리가 할머니 주변을 왔다리 갔다리 했다.

"내가 젊었을 때는 '이거 한번 해볼까?' 그러면 남들이 그걸 못 하게 하는 거야. '너는 하면 안 돼.' 그러는 수가 있어. 그러는데… 그 박자에 맞추지 말어. 내가 하고 싶은 게 있으면 그걸 해. 내 인생 철학은요. 내가 하고 싶은 거 하는 거예요. 남의 박자는 좆같은 박자다, 내 박자가 맞는 박자다."

그래, 맞아. 벌떡 일어났다. 광고를 다시 보려면 어떡해야 하지, 하는 순간 이미 광고는 지나갔다. 내 박자가 틀린 박자일까 봐 전전긍긍하며 살아왔다. 남들 박자는 메트로놈이라고 생각하며 거기에 맞추려고 하다 보니 나는 어느새 자빠져 누워 있었다. 그래 내가 하고 싶은 대로 한번 써보자. 지금은 힘이 안 나니까 나중에 힘 나면 꼭 그렇게 해보자.

박막례 할머니는 일흔 살이 넘어서 유튜버로서 새로운 인생을 시작했다. 손녀인 크리에이터 유라 피디와 함께 영상을 제작한다. 평소에도 할머니들에게 관심이 지대한 나는 영상을 찾아보곤 했는데 광고에서 이렇게 나를 일으켜 세워주실 줄 몰랐다. 평소에 주로 장아찌 영상, 수제비 영상, 간장국수 영상 위주로 봐서 그런가. 박막례 할머니는 구글 본사에 초대받기도 했다. 그는 새로운 도전을 많이 한다. 특이한 메이크업도 해보고(조커 메이크업을 하고 인스타그램에 '족코'라고 올리셔서 일주일 동안 웃은 적이 있다), 유행하는 챌린지 영상도 찍고, 시가 피우기, 외국 여행, 화보 촬영 등 할머니는 끝없이 도전한다. 박막례 할머니는 말끝에 '양'을 많이 붙인다. 예를 들면 이렇다. '아이고양 이거 그냥 밥이랑 먹으면양 두 공기 쏙 들어간다.' 어릴 적 토끼 흉내를 내면서 입으로는 깡충깡충 하고 손으로는 토끼 귀를 만들었는데, 그 토끼 귀 손 모양을 양 관자놀이 옆에 대고는 항상 첫인사를 한다. "안녕하세요 박막례입니다." 나는 가끔 그 부분을 성대모사 해서 현장의 스태프들을 웃기곤 한다. 타이밍이 중요하다. 아무 상관없을 때 해야 한다. 갑자기 그냥. 안녕하세요 박막례입니다.

박막례 할머니 영상의 댓글을 보면 손주뻘의 팬들이 많아 보인다. 세대 갈등 통합에 정말 크게 한몫하고 계신 분이다. 맥도날드 키오스크 앞에서 주문을 하느라 진땀 빼는 모습을 보곤 정말 이 사회가 어떤 방식으로 노인을 소외시키는지 새삼 느끼게 되었다. 박막례 할머니는 냉장고를 아끼고, 그릇을 아낀다. 냉장고가 무려 세 개다. 왕언니 냉장고라고 불리는 냉장고도 있다. 할머니는 정말 자기 박자대로 산다. 그러다가 광고도 찍고 100만 구독자를 모으기도 하고 구글에도 간 것이다. 사람들이 박막례 할머니를 좋아하는 이유야 여럿이겠지만 그중 하나는 분명 이것이다. 자기 박자대로 사는 것. 그러지 못하는 한국 사람이 얼마나 많은가. 오죽하면 나이도 자기 박자에 먹지 못하고 1월 1일에 해 바뀌면 떡국에 말아서 다 같이 먹게 하는가. 십대는 공부, 이십대 대학, 취업, 삼십대 결혼, 전셋집, 애 낳기… 사십대는 다시 십대 자녀 공부시키기… 반복이다. 한국은 유튜버가 정말 많은 나라라고 한다. 사회적 박자와 계급이 탄탄한 이 나라에서 뒤집기에는 유튜브만 한 것이 없다고 생각을 했던 것일까. 하지만 그마저도 어렵다.

나는 사회가 정해놓은 박자에서 많이 벗어난 삶을 살고 있다. 결혼하거나 애 낳을 생각은 전혀 없고, 월셋집에 살고 있으며, 해촉증명서와 싸우지 않으면 건강보험료 폭탄을 맞는 프리랜서다. 돈 안되는 두 직업, 영화감독과 싱어송라이터를 병행하면서 지금은 글을 쓰고 있다. 채식을 하며 친구들과 공동체 생활을 한다. 누구는 네 멋대로 살아 좋겠다지만 이따금씩 불안이 밀려올 때가 있다. 내가 이걸하는 게 맞는 걸까. 미래는 어떻게 되는 걸까. 이렇게 계속 일 들어오길 기다리면서 돈이 모이면 음원을 내 탕진하면서 사는 걸까. 나 재능이 있을까. 없겠지? 그니까 저 사람이 피드백 같지도 않은 말을 한 거겠지?

나를 비하하는 일은 쉽고도 익숙하다. 그쪽 길은 신호등 하나 없는 길, 아니 오히려 미끄럼틀에 가깝다. 숏 들어가기만 하면 쭉이다. 거기에 허들을 봐야 한다. 박막례 할머니가 나의 허들이 되어주었다. 허들에 걸린 나는 다시 미끄럼틀을 역주행한다. 맨발로 빠득빠득 소리를 내가면서 기어오른다. 겨우 입구에 도착했지만 또 언제 빠질지 모른다. 하지만 내게는 허들이 있다. 나를 잡아주는 한마디. 남의 박자는 좆같은 박자다. 내 박자가 맞는 박자다!

박막례 할머니의 위대한 업적에 미디어는 제대로 된 피드백을 하지 않았다. 뉴스에서 화제가 될 법도 한데, 유튜브보다 텔레비전이 익숙한 세대는 할머니의 인생을 모를 것이다. 그리고 그 세대가 대체로 할머니 세대일 것이다. 그분들에게 할머니의 인생이 힘이 될지도 모르는데 안타깝다. '할머니'의 위대함은 쉽게 가려진다. 그리고 '손녀'와 함께여서 더 그럴지도 모르겠다.

유튜브 창립자의 이야기를 들어보면 모두 각자의 채널을 만들고 볼 수 있게 하는 것이 취지라고 한다. 얼마나 아름다운 취지인가. 이를 악용해 자신의 편협함을 전시하는 사람들, 혐오 콘텐츠를 만드는 사람들도 있지만, 코리아 그랜마 박막례 할머니처럼 세대 간의 갈등을 통합하고 삶의 지혜를 전수하는 채널을 볼 수 있게 된 것은 분명 유튜브 덕이다.

혼자서 소주를 마실 때 종종 노래를 듣거나 유튜브 영상을 본다. 박막례 할머니 영상도 자주 보는데 술이 좀 오르면 나도 모르게 한두 마디씩 대답을 하게 된다. 처음에는 한 글자짜리 리액션이다. 힛. 하! 이런 웃음. 그러다가 글자 수가 늘어난다. 우웅. 맞아요. 평소 혼잣말을 하지 않는 타입인데도 술은 하여간에 사람을 제멋대로 바꿔놓는다. 하지만 댓글을 달 용기까지는 주지 못했다. 엄지만 몇 번 치켜세웠다. 댓글 대신 맨정신의 혼잣말로 글을 마무리해야겠다.

지금도 계속 도전 중인 코리아 그랜마 박막례 할머니처럼 나도 꾸물대지 말아야지. 능력이 없을 리가 있나. 하면 그게 능력이지. 내 박자를 믿어야지. 꾸준히 의심하면서도 믿음을 잃지 말아야지. 세상이 다 믿어줘도 내가 안 믿으면 소용없다. 그리고 나도 피드백 잘 주는 사람이 되어야지. 건설적인 피드백. 누군가한테 꼰대질 하는 거 말고. 박막례 할머니가 나에게 해준 말 같은 피드백을 줘야지. 당신의 박자가 아름답네요. 근데 여기를 엇박으로 들어가면 좀 더 효과적일 것 같은데 어떠세요?

농성장의 할머니들

좋아하는 배우가 수갑 찬 장면을 본 적 있나요? 그걸 보고 흐뭇하게 웃어본 적 있나요? 저는 있습니다. 이게 무슨 소린가 하면….

1962년 데뷔해, 최근작 〈그레이스 앤 프랭키〉까지 활발하게 활동을 이어오고 있는 배우 제인 폰다는 사회활동가이기도 하다. 베트남전을 반대해 '하노이 폰다'라는 비아냥을 듣기도 했고, 낙태죄 반대에 관해서도 발언을 했다. 최근에는 트럼프의 세계기후조약 탈퇴 반대 시위에 참여했다가 수갑을 차게 되었다. 내가 본 사진이 바로 이 사진이다. 82세의 여성 배우가 수갑을 차고 쌍따봉을 날리는 사진이다. 제인 폰다는 체포 후 "감옥 가기 딱 좋은 나이다"라는 명언을 남겼다. 이 시위에는 넷플릭스 드라마 〈굿 플레이스〉에서 마이클 역을 맡은 노년 남성 배우 테드 댄슨 또한 참여해 환히 웃는 모습으로 체포되었다.

체포된 사람이 웃는 사진을 본 것은 처음이었다. 체포되면서 쌍따봉을 날리는 것도, 그 당사자가 노년 여성 배우인 것도 충격이었다. 그리고 나도 미소가 지어졌다. 아, 저렇게 살고 싶다. 나이 먹어서도 안주하지 않고 계속 사회문제에 관심을 가지면서 투쟁하고 다음 세대를 위하여 무언가를 하고 싶다. 그런 생각이 들었다. 그럴 수 있을까. 자연의 법칙을 거슬러 보수적인 꼰대가 되지 않을 수 있을까. 강산에의 노래가 떠오른다. 그 언어들만큼이나 힘을 내야 한다. 꼰대가 되지 않기 위해선. 끝까지 투쟁하기 위해선.

언젠가부터 연대 공연 섭외가 많이 들어왔다. 시작은 콜트콜텍 노동자 부당해고에 반대하는 문화제였다. 나는 그 이전까지 사회문제에 관심이 하나도 없었다. 다 거짓말이라고 생각하는, 보수적인 사람도 아닌, 그냥 무관심하고 멍청한, 부유하는 먼지였다. 한데 연대 공연을 하면서 조금씩 알게 되었다. 이게 진짜라는 것을, 진짜 삶이라는 것을 배우게 되었다. 우리나라는 산재공화국이고 매일 셀 수 없이 많은 동물들이 갖은 이유로 죽어가고 있으며 여성들이 살해당하는 기사가 쉴 틈 없이 보도되는 나라다. 이스라엘은 인종청소 명목으로 팔레스타인 사람들을 공격하고 있으며, 성소수자들의 자살률은 떨어지지 않는다. 이게 현실이구나. 나는 무얼 할 수 있지. 내가 부를 수 있는 노래들이 점점 적어졌다. 하지만 새로운 노래들이 생겼다.

농성장, 집회, 데모 참가자 하면 어떤 모습이 떠오르는가. 나는 조끼를 입고 머리에 띠를 맨 중년 남성의 이미지가 그려지곤 했다. 그 외의 모습은 잘 떠오르지 않았다. 하지만 현장에 다녀보니 수많은 여성들이, 중노년 여성 노동자들이 투쟁을 외치고 있었다.

서울대학교에서 비정규직 노동자들이 총파업을 한 적이 있다. 연대 공연을 하러 갔다. 대부분의 참가자가 중노년 여성 노동자분들이었다. 나는 항상 내 노래가 너무 이삼십대의 이야기만을 하는 것 같아 걱정이었다. 다른 세대의 공감을 불러일으키지 못하고 멈춰버리는 좁은 노래 같았다. 근데 웬걸. 막내 노동자분이 사십대 후반쯤으로 보이는 그곳에서 나는 우레와 같은 박수를 받았다. 이는 노래에 대한 공감이라기보다는 연대 공연에 대한 감사함의 표현이었겠지만 어느새 내 두려움은 가시고 연대심이 끓어올랐다. "남자요, 여자요?" 짓궂게 묻는 분도 계셨다. 많이 들어온 질문, 누군가에게는 큰 상처가 되는 질문이지만 그날만큼은 환하게 웃으며 악의 하나 없이 묻는 그 질문에, 딸내미예요, 하고 자연스레 대답하게 되었다.

　　중노년 여성의 노동은 평가절하 당한다. 이 표현은 너무 우아하네. 후려치기 당한다. 비정규직에, 2차 고용에, 저임금에, 휴식 시간이 제대로 보장되지 않는 곳이 태반이다. 청소 노동자가 그러하고, '이모님'이라고 불리는 주방 노동자들이 그러하고, 요양보호사, 톨게이트 노동자, 보험설계사 등이 그러하다. LG트윈타워 청소 노동자들이 단번에 해고당한 적이 있다. 영화 〈카트〉 속 상황과도 비슷했다. 직원들은 해고 철회 농성에 들어갔다. 기업 측은 용역을 고용했다. 용역들은 농성장으로 가는 도시락을 가로채고 추운 밤에 텐트에다 물을 뿌렸다. 잔인한 태도에 분노가 치밀었다. 아줌마들, 할머니들 이제 그만 집에 가시죠, 하는 우습게 보는 시선이 그대로 담겨 있는 행동이었다. 연대 단체들이 모이고 나도 연대 공연에 섭외가 되었다. 현장에 가니 역시 우리 엄마 또래의 노동자분들이 계셨다. 당일은 문화제도 열고 바자회도 함께 진행됐는데, 바자회에 상인으로 참가한 노동자분들의 말솜씨와 인심에 주방기구 몇 개를 사고 얻어왔다. '싸비스'라면서 눈도 안 마주치고 쿨하게 수세미를 내밀었다. 지친 기색은 보이지 않았다. 마음이 놓였지만 그만큼 사태가 빨리 해결되길 바랐다.

이날은 내 공연말고도 야마가타트윅스터의 공연도 있었다. 이분으로 말할 것 같으면 농성장에서 발차기를 하며 "돈만 아는 저질!"을 외치는 분이다. 댄스음악에 신난 조합원들이 덩실덩실 춤을 추었다. 우리 할머니가 추던 춤이랑 똑같았다. 얼마 지나지 않아 사건은 원만하게 해결됐다. 딱 원만하게. 우리 마음에 딱 들지는 않고 그냥 동그라미만 하게 해결되었다. 노동자분들은 다른 지부로 발령이 나서 다시 근무하게 되었고 기업 측의 사과는 없었다. 동그라미가 나는 싫다.

LG트윈타워 해고 반대 문화제가 얼마 지나지 않아 홍익대학교에서 경비원으로 근무하다 과로사한 고 선희남 선생 추모제에 참여하게 되었다. 숙연한 분위기 속에서 연대하러 온 중노년 여성 노동자분들을 많이 마주할 수 있었다. 언제쯤 일하다가 죽지 않는 사회가 올까. 저임금과 고용 불안에 시달리는 경비원의 노동 환경은 중노년 여성 노동자들에게 거리가 먼 이야기가 아니다.

　　한화생명 보험설계사의 권리를 주장하는 연대 공연에 참여하러 강 건너 갔었다. 전날 급하게 섭외된 공연이었다. 잡혀 있던 미팅 상대에게 약속 시간을 한 시간만 당겨달라고 양해를 구했다. 농성장에 도착했다. 농성장은 농성이 메인이지 공연이 메인이 아니다. 그러다 보니 종종 환경이 열악할 때가 있는데 이날이 그러했다. 리허설을 하는데 모니터는 하나도 안 되고 인도에 일렬로 늘어서서 하다 보니 관객 몰입도가 떨어질 수밖에 없었다. 온 김에 잘하고 싶었는데 속상한 마음이 가득했다. 기타를 들고 공연을 기다리는데 한 중노년 여성 노동자분이 떡을 나눠주기 시작했다. 농성장에는 늘 그렇듯 경찰이 있는데 경찰들에게도 아무렇지 않게 나눠주시면서 "뇌물—"이라고 농담까지 덧붙였다. 피식 웃음이 났다. 저런 여유는 어디서 나오는 걸까. 투쟁, 농성, 집회, 단결, 교섭의 현장에서 "뇌물—" 하는 여유라니. 공연은 망했다. 가사 전달력은 0에 가까웠고 노래 연습 좀 하라는 농담까지 들었다. 그 농담은 기분이 썩 좋진 않았지만 들을 만했기에 또 넉살 좋게 건넨 말이었기에 싫은 내색을 할 수 없었다. 경찰들 너머로 기업의 직원들이 나와 똑같이 인상을 찌푸리고 쩨려봤는데, 모두 양복 차림의 중노년 남성이었다. 왜 이쪽은 여기 있고, 하나같이 왜 그쪽은 거기 있는지.

아현포차 거인이모를 들어보았는가. 작은거인이모 포차는 원래 아현동 포차거리에 있었으나, 2014년 새 아파트가 들어서면서 미관상의 이유로 민원이 들어오자 마포구청에서 용역을 동원해 강제 철거했다. 이런 일이 특별한 경우가 아니라는 것에 화가 난다. 지금 또 어디에선가 벌어지고 있을지도 모른다. 거인이모는 경의선 공유지에서 포차 영업을 이어갔다. 하지만 경의선 공유지에서 역시 공유지라는 이름이 무색하게 또 내몰렸다. 칠십대의 거인이모를 처음 만난 곳은 궁중족발이었다. 궁중족발도 아현포차처럼 내몰릴 위기에 처해 있었다. 거인이모는 연대를 하러 왔고 와서는 노래 한 곡을 걸쭉하게 뽑았다. 지금은 어디에 계실까.

농성장, 집회 참가자라고 하면 나는 이제 육칠십대, 파마머리에 조끼를 입고 바닥에 상자를 깔고 앉아 노래를 들으며 박수를 치는 할머니가 떠오른다. 환하게 웃으면서 여기가 농성장인지 공연장 인지 잊게 만들어주는, 그 순간만큼은 정말 잊은 것 같은 미소가 떠오른다. 버스에서 만난 할머니들이 생판 모르는 사이면서도 안부를 묻듯, 그렇게 할머 니들은 연대를 하러 온다. 내 친구는 지하철에서 만 난 할머니가 갑자기 "아이고, 예쁘다" 하시더니 크 림빵을 주셔서 받은 적이 있단다. "뇌물~" 하면서 데시벨 측정하러 온 경찰에게도 떡을 내미는 분들 답다.

　　명우 형은 노년 여성 퀴어다. 매년 퀴어퍼레이 드에 참가하고 퀴어 업소를 운영 중이다. 요새는 비 건 음식도 판매 중이란다. 명우 형은 트위터도 하고 닷페이스에 나가 옛날 퀴어들의 이야기를 들려주기 도 한다. 세종문화회관에서 열린 제2회 드랙킹 콘 테스트 〈남장신사〉를 보고 왔다. 총 네 가지 에피소 드로 구성된 이 다큐멘터리와 연극과 뮤지컬 사이 의 무엇은 나를 펑펑 울게 만들었다. 그중 첫 번째 에피소드가 바로 명우 형의 이야기였다. 명우 형은 사랑했던 여자를 떠나보낸 이야기를 하며 무반주로 〈세월이 가면〉을 불렀다. 세월이 가면 가슴이 터질 듯한 그리운 마음이야 잊는다 해도 한없이 소중했던 사랑이 있었음을 잊지 말고 기억해줘요—.

　사회적 소수자 당사자로서 운동하고 연대하는 노년 여성들을 볼 때면 가슴이 뜨거워진다. 뭐라고 표현해야 하지. '가슴이 뜨거워진다'로는 영 부족하다. 근데 이 느낌 뭔지 아시죠? 작가는 글로 마음을 표현해야 하는 법인데, 이건 표현할 수 없다. 그냥 살 수 있을 것 같은 마음, 계속 살고 싶은 마음이 그나마 가깝다. 나도 이 형언할 수 없는 마음을 누군가에게 주는 할머니가 되고 싶다. 수갑을 차고 쌍따봉을 날리든, 조끼를 입고 신나게 춤을 추든, 그냥 나의 존재를 계속해서 알리든, 어떤 방법으로든 지금의 이 빚진 마음을 내리사랑으로 베풀면서 살고 싶다.

　미국의 쇼 프로를 보다가 멋진 문장을 보았다. "우리는 다음 세대에게 영감이 되어야 한다." 그래, 내리사랑은 너무 꼰대 같은 말이다. 나는 다음 세대에 영감이 되는 할머니가 되고 싶다. 영감이 되어준 할머니들처럼. 근데 영감이 된 할머니라니 되게 재밌는 말장난이네. 하하. 이렇게 어떤 상황에서도 실없는 웃음 또한 잃지 않는.

아무튼, 아녜스 바르다 1

감독님. 감독님. 우리 감독님. 아네스 바르다는 프랑스의 여성 감독으로 할머니가 되어서도, 아흔에 가까운 나이까지도 작품 활동을 왕성하게 한 영화감독이다. 감독님에 관한 내 마음을 어떻게 설명해야 할까. 우선 신기한 에피소드부터 이야기해야겠다.

서울아트시네마에서 '아네스 바르다 기획전'을 했다. 감독님의 열렬한 팬인 나는 그간 볼 수 없었던 작품을 챙기러 부랴부랴 달려갔다. 〈아네스 V에 의한 제인〉을 봤다. 제인 버킨을 바르다의 시선으로 담은 영화다. 영화는 솔직히 말하면 그렇게 재미있지 않았다. 감독님 영화 중에 그저 그런 영화가 있다는 사실마저 좋았다. 어떻게 다 나를 미치게 만들겠어. 이런 점 하나하나까지 감독님에 대한 애정으로 뭉쳤다.

영화를 보는데 성가신 일이 있었다. 어떤 사람이 아주 작게 바스락 소리를 냈는데 갑자기 저음의 목소리가 "조용히 좀 하세요!" 하고 외쳤다. 아, 시네필이여. 당신이 성가시다 느낀 그 소리보다 당신이 훨씬 성가시다고요. 그 사람은 그 이후로도 한 번 더 그 관객을 향해 조용히 하라고 외쳤다. 불 꺼진 극장, '저 새끼 누구야?' 하는 분명한 공기가 감돌았다. 영화가 끝나고 불이 켜졌다. '바스락' 쪽은 세 분의 젊은 사람들이었다. 한 분이 터번 같은 것을 머리에 둘둘 쓰고 계셨다. 샤우팅을 했던 과도하게 예민한 관객은 불이 켜지자마자 그쪽을 쩨려봤다. 나머지 관객들은 '샤우팅' 쪽을 쩨려봤다. 나 역시 그쪽을 쩨려봄으로써 바스락 쪽에 응원을 보냈다. 그럴 수도 있지 쫌!

일주일쯤 지나서였다. 한창 기획전을 하고 있을 때 감독님이 돌아가셨다. 마음의 별이 졌다. 다음 날 공연이 잡혀 있었는데 계속 눈물이 터질 것 같아서 꾸역꾸역 참아가며 해야 했다. 좋은 곳으로 가셨겠지 분명. 그래도 기도를 하자. 언젠간 닥칠 일이라는 걸 알고 있었으면서도. 아무리 작전 짜고 살아도 슬픈 일이 다가오면 도리가 없다. 애도의 기간을 보내고 있는데 먼 지인이 SNS로 (감독님이 돌아가셔서 사람이 몰릴 텐데) 기획전 티켓을 미리 예매해놓길 잘했다는 글을 올린 걸 보았다. 화가 났다. 너한테는 사람이 죽은 것이 극장에 인파가 많아지는 일이냐. 그거 말고는 다른 거는 아무것도 안 보이냐. 분노의 눈물이 흘렀다. 평생 그만큼만 보고 살아라. 그 좁은 마음 돌려받는 날 휘청이며 넘어져라. 원래도 여러 일로 상처를 주었던 사람인데, 이 일로 마음에 원한을 품게 되었다.

그때쯤 한 감독에게서 연락이 왔다. 동물권에 관한 영화를 찍고 있으며 마지막에 내 노래 〈잘못된 걸 잘못됐다〉를 사용하고 싶은데 만나서 이야기를 나눌 수 있냐는 내용이었다. 흔쾌히 수락을 했고 단골 술집이자 비건 음식을 파는 포인트 프레드릭에서 만나기로 했다.

들어가는데, 극장에서 보았던 터번이 보였다. 터번은 이번엔 머리 위가 아닌 의자 위에 얌전히 올라가 있었다. 저분인가. 설마 했는데 그분이었다. "〈아녜스 V에 의한 제인〉 보셨죠?" 반가운 마음에 아무도 주고받지 않을 첫인사를 건넸다. "맞아요!" "바스락거려서 어떤 아저씨가 막 뭐라고 하고!" "맞아요! 거기 계셨어요?" "네!" 애도의 기간에 감독님을 함께 알고 좋아하는 사람을 만나서 기뻤다. 감독님 이야기로 가득 메우다가 본격적으로 음악이 들어갈 다큐멘터리 영화 이야기를 나눴다. "제 영화가 저예산도 아니고 무예산입니다." 감독이 비장하게 말했다. 아 돈을 못 받겠구나, 생각이 들었다. 그래도 동물권에 관련한 영화이고 취지에 강력하게 공감하는 바이니 '그냥 사용해주세요' 하고 말할 참이었는데, "타투에 관심 있으세요?" 물어왔다. 나의 타투라면, 오른쪽 어깨에 퍼즐 두 쪽이 꼭 맞은 모양 하나가 있다. "관심 있습니다." "제가 타투를 하는데, 비용 대신 타투를 해드릴까요?" 정말 오늘 미팅 특이하게 흘러가는구나 싶었다. 나는 고개를 끄덕였다. 갑자기 타투를 하게 되었다. 사장님에게 허락받고 술집 구석으로 갔다. 그렇게 나는 음악 사용 비용으로 단골 술집 구석에서 타투를 받게 되었다. 터번을 쓴 감독님에게.

도안을 정했다. 아네스 바르다 감독님 영화 중 〈노래하는 여자, 노래하지 않는 여자〉라는 작품이 있다. 프랑스어 원제는 'L'une Chante, L'autre Pas'이다. 영화 포스터에 있는 글씨체를 그대로 따서 팔꿈치 안쪽에 새기기로 했다. 'l'une chante'는 오른쪽 팔에, 'l'autre pas'는 왼쪽 팔에 새기기로 했다. 감독님이 겸손하게 '아 어렵다' '잘 안 보이네' 하실 때마다 나의 불안감은 증폭되었다. 감독님은 동물성 잉크를 사용하지 않은 비건 잉크로, 핸드포

크를 사용해 한 땀 한 땀 새겨주셨다. 감독님이 겸
손한 말을 뱉을 때 말고는 아네스 바르다 감독님을
계속 생각했다. 이런 방식으로 감독님의 작품을 몸
에 새기게 될 줄 몰랐다. 좋아하는 영화이기도 하
고, 감독님 영화이기도 하고, 나는 노래하는 여자이
기도, 노래하지 않는 여자이기도 하니까 딱 맞는구
나. 감독님을 통한 인연이 있는 사람에게 받는 타투
라 더 기분이 좋았다.

〈노래하는 여자, 노래하지 않는 여자〉는 여성
들의 연대에 관한 영화다. 이 영화 속 주인공은 여
성운동을 이어가는데 낙태죄 폐지 운동을 할 때 외
치는 구호가 있었다. "내 몸은 나의 것!(My body,
my choice!)" 몇 년 전까지 여성들이 외치던 말과
언어만 달랐지 자막상 토씨 하나 다르지 않은 말이
었다. 정말 느리게 변하는구나. 안 변한다고 말하고
싶지는 않아. 정말 정말 느리게 변하는구나. 그리고
정말 정말 정말 오래전부터 먼저 운동을 해온 여성
들이 있구나.

그 여성들을 기억하고, 감독님을 기억하고, 감
독님의 영화를 기억하고 싶었다. 타투는 지금 내 양

팔에 예쁘게 자리 잡고 있다. 사람들이 무슨 뜻이냐고 물어볼 때마다 나는 감독님과 영화 이야기를 하게 된다. 처음 듣는 누군가는 휴대폰에 적기도 하고 반가운 누군가는 이야기를 더하기도 한다. 내 양팔과 나를 포함한 수많은 이에게 감독님은 영원히 기억될 것이다. 절찬 상영 중.

아무튼, 아네스 바르다 2

내가 왜 이렇게 감독님을 좋아하는지 이야기를 해야겠다.

내가 본 감독님의 영화는 〈라 푸앵트 쿠르트로의 여행〉〈5시부터 7시까지 클레오〉〈행복〉〈라이온의 사랑〉〈노래하는 여자, 노래하지 않은 여자〉〈방랑자〉〈아네스 V에 의한 제인〉〈낭트의 자코〉〈시몽 시네마의 101의 밤〉〈이삭 줍는 사람들과 나〉〈아네스 바르다의 해변〉〈바르다가 사랑한 얼굴들〉까지 총 열두 편이다. 가장 최근의 작품이자 유작은 아직 못 보겠다. 아끼고 아끼는 이 마음을 아시나요.

처음 접한 감독님의 영화는 〈아네스 바르다의 해변〉이었다. 다리를 다쳐서 6주 동안 집에만 있어야 했을 때 영화를 폭식했다. 6주간 63편의 영화를 보았다. 그중 하나가 〈아네스 바르다의 해변〉이었다. 재생을 하고 1분 만에 꺼버렸다. 너무 좋아서. 아니 이걸 지금 이렇게 봐도 되나. 인생 최고의 순간에 봐야 할 것 같은 영화였다. 심장이 두근거렸다. 모래사장에 놓인 거울들, 그리고 그 거울에 반사되는 상들. 아름답기 그지없었다. 심호흡을 하고 다시 영화를 틀었다. 〈아네스 바르다의 해변〉은 감독님의 그간의 작품들을 돌아보는 영화다. 여기 나온 영화들을 전부 다 봐야겠다 싶었다. 그때부터 필모그래피 깨기가 시작되었다.

〈5시부터 7시까지 클레오〉는 고독과 불안의 끝이었다. 주인공은 건강검진을 받고 타로를 본다. 타로의 결과는 좋지 않고, 주인공은 불안한 마음으로 시내를 떠돈다. 중간에 주인공이 자신의 방에서 〈Sans toi(당신 없이)〉를 부르는 장면의 롱테이크 촬영은 황량한 사막에 홀로 놓인 촛불을 찍는 것만 같았다. 나의 고독과 불안이 겹쳐지며 눈물 한 방울이 흘렀다.

감독님은 다큐멘터리와 극영화를 오가는 천재다. 〈낭트의 자코〉가 대표적으로 그러하다. 〈낭트의 자코〉는 세 파트로 크게 나뉜다. 감독님의 남편인 자크 드미 감독의 나이 든, 병이 든 현재의 모습, 그리고 자크 드미 감독의 어린 시절을 각색한 극영화, 그리고 거기서 영감을 받아 만든 자크 드미의 영화 속 세계 이렇게 세 파트, 세 세계다. 절절한 사랑이다. 사랑하는 사람의 어린 시절을 궁금해하는 마음은 누구나 공감할 것이다. 그래서 연인들은 서로의 어린 시절 사진을 나눠 보고 그 시절에 관해 끝없이 이야기를 나눈다. 하지만 타임머신의 개발이 아직인 이 시점, 직접 그 시절로 가보는 것은 불가능하다. 바르다 감독님은 영화를 통해 사랑의 타임머신을 개발했다. 사랑하는 사람의 어린 시절을 재현해냈다. 그 현장을 보던 드미 감독님의 눈빛은 어린 시절 자코(자크 드미의 어린 시절 애칭)의 눈빛이었다. 이렇게 사랑할 수 있을까. 시간을 넘어서, 총체적으로 하는 사랑을 바르다 감독님이 이룩했다.

흔히들 천재, 천재 아티스트라고 하면 못되고 까다로운 성격의 인간을 떠올린다. 본인 일에만 예민하고, 남 기분에는 둔감하면서, 그 예민함이 무슨 예술의 원천이라도 되는 것처럼 구는 그런 인간. 작곡을 하다가, 아니야! 하고 버럭 소리 지르며 악보를 좍좍 찢어서 주변 사람들을 놀라게 한다든지, 영감을 찾는다는 핑계로 여러 사람들을 만나며 바람을 피운다든지, 하는 그런 인간. 그런 인간은 다 가짜다. 흔히 말해 그 무섭다는 '예술 뽕'을 맞은 거다. 나는 다정한 천재가 좋다. 그리고 다정한 천재가, 따뜻한 천재가 진짜 천재라고 생각한다.

감독님은 따뜻한 천재다. 〈바르다가 사랑한 얼굴들〉의 시선에서 특히나 느껴진다. 〈바르다가 사랑한 얼굴들〉은 다큐멘터리로, 바르다 감독님이 JR이라는 아티스트와 함께 프랑스 곳곳을 다니며 사람들의 사진을 찍는 이야기다. 그 위로 감독님과 JR의 내레이션이 흐른다. 가장 인상 깊었던 에피소드는 남자들 위주의 중장비를 다루는 현장에서 일하는 세 여성 노동자의 사진을 찍은 일이다. 세 여성 노동자의 사진은 컨테이너를 큰 벽처럼 쌓아 올린 위에 크게 인쇄되었다. 그리고 각자의 심장 부분의 컨테이너 위에 앉아 인터뷰를 했다. 한 노동자는 높은 곳에 있으니 고요하고 좋다고 말했다. 다른 노동자는 높은 곳이 싫다고 불안하다고 표현했다. 이 솔직한 감상을 그대로 다 담는 것이 감독님의 힘이다. 후자의 인터뷰를 잘랐을 수도 있을 텐데 감독님은 그 감정을 그대로 존중한다. 거대한 컨테이너인지 트레일러인지 모를 탑 위에 그려진 세 노동자의 사진, 그리고 그 심장부를 열고 앉아 있는 사람들의 이미지는 말로 표현 못 할 감동을 주었다. 애정이 없으면, 관심이 없으면 영감은 끝인 것 같다고 한 친구가 이야기했는데 그래서 감독님은 오래오래 멋진 영화를 찍으실 수 있었나 보다.

감독님이 세상 문제에 마음을 닫고 예쁜 꽃밭만 키운 것은 절대 아니다. 감독님은 페미니스트로서 여성주의적 시각을 영화에 한껏 담았다. 극영화 〈노래하는 여자, 노래하지 않는 여자〉에서는 계속해서 여성운동을 하는 여성 폴린느과 느슨한 연대를 하는 여성 수잔의 이야기가 펼쳐진다. 폴린느가 수잔의 낙태 비용을 마련해주면서 둘의 관계는 시작이 된다. 그리고 10년 뒤에 만나 편지를 주고받게 된다. 폴린느는 시위 현장에서 열심히 노래를 하고 수잔은 자신만의 삶을 이어간다.

낙태죄에 관한 이야기가 영화의 주를 이룬다. '노래'는 여성운동을 의미하는 것으로 다가왔다. 운동을 할 때에도 운동하지 않을 때에도 여성은 여성으로 삶을 이어가는 것 자체가 하나의 역사라고 내게 말해준 영화다.

감독님이 등장하는 유명한 캡처가 있다. 〈아녜스 바르다의 해변〉의 한 장면이다. 감독님이 이런 말을 한다. "나는 즐거운 페미니스트가 되려고 했는데 / 화난 페미니스트가 되게 만드네요." 이 캡처는 온라인상에서 수많은 사람들의 호응을 얻으며 밈으로 쓰이기도 했다. 감독님은 페미니스트로서 영화로 싸워왔다. 지금 많은 여성 감독들이 그러하듯 말이다.

〈시몽 시네마의 101의 밤〉은 영화사(史) 100주년을 기념해 만들어진 작품이다. 셀 수 없이 많은 영화들의 오마주가 쏟아진다. 예를 들면, 비토리오 데 시카 감독의 〈자전거 도둑〉처럼 누군가 자전거를 두고 갔는데 갑자기 자전거를 훔쳐 가는 사람이 등장하는 등, 뜬금없는 타이밍에 나와 웃음을 자아낸다. 하지만 비판도 있다. 아시아 영화는 한 작품밖에 다루지 않았다는 아쉬움에서 비롯된.

〈이삭 줍는 사람들과 나〉는 21세기의 이삭을 줍는 사람들에 관한 다큐멘터리다. 이 사람들은 쓰레기통을 뒤지기도 하고 수확에 실패한 못난 농작물들을 줍기도 한다. 거기서 쓸 만한 것들이 아주 많이 나온다. 상품화되지 못한 것은 쉽게 버려지는 시대에 대한 일침이다. 여기서도 감독님이 등장한다. 상품이 되지 못한 감자들 중 하트 모양 감자를 줍는 모습이 가장 기억에 남는다. "하트 감자네요." 감독님은 하트 모양 감자를 주워서 카메라 앞에 보이고는 미소 짓는 분.

감독님을 정말 좋아하고 영향을 많이 받았지만 내 작품에 그 영향을 담기엔 내가 아직 너무 부족하다는 생각이 든다. 언젠가는 감독님의 작품을 오마주할 수 있을까. 아니, 나는 사실 감독님의 삶 자체를 오마주하고 싶다. 오랫동안 영화를 찍고, 사람들에게 따뜻한 시선을 건네고, 누군가를 총체적으로 사랑하며, 끊임없이 싸우면서도 유머를 잃지 않는 그런 삶 말이다. 가능할까. 불가능하다고 한들 삶이 한쪽으로 기울 때마다 감독님을 생각하면 중심을 잡을 수 있을지도 모른다.

감독님이 돌아가시고 감독님의 절친 JR은 감독님의 등신대를 만들었다. 그리고 풍선들을 잔뜩 매달아 하늘로 올렸다. 감독님, 안녕히 가세요. 나중에 봬요. 마음속으로 되뇌던 말을 한 번 더 꾹꾹 눌러 되뇌었다. 2019년 서울국제여성영화제에서 이벤트도 진행했다. 감독님의 등신대와 함께 사진을 찍는 이벤트였다. 사진 두 장이 나오는 기계였다. 한 장은 감독님의 어깨를 잡고 찍었고, 다른 한 장은 '노래하는 여자, 노래하지 않는 여자' 타투가 보이게 소매를 걷고 찍었다. 감독님하고 처음이자 마지막으로 찍는 사진이겠구나 싶었다.

감독님과 함께 누벨바그 시기를 이끌었던 프랑수아 트뤼포 감독은 어린 시절 생활고를 겪었다. 어린 트뤼포는 영화를 너무 사랑한 나머지 영화를 보고 나면 교통비가 없어서 집까지 걸어오곤 했단다. 그때 반짝이는 에펠탑을 보고 가는 방향을 잡을 수 있었다고. 트뤼포의 어린 시절 자전적 이야기가 담긴 〈400번의 구타〉에 에펠탑이 많이 나오는 이유가 그 때문이라고 한다. 나에게 아네스 바르다 감독님은 트뤼포의 에펠탑 같다. 영화를 사랑하고 집으로 돌아오는 길, 길을 잃지 않게 해주는 존재. 밤에도 빛나는 존재.

감독님의 영화를 보면 볼수록 빠져들었다. 별로인 작품을 볼 때도 그랬다. 그러면서 나의 미래를 생각했다. 감독님의 최근 헤어스타일은 투톤이었다. 아래는 핑크색, 위에는 흰색. 언젠가 내 인생에도 겨울이 오고 내 머리에 흰 눈이 내려 나도 할머니가 되겠지. 그때 감독님처럼, 영화를 찍고, 시위를 하고, 사랑을 하고, 분노를 할 수 있다면 더없이 좋겠다. 지금처럼 영화를 계속 사랑하고, 찍으려고 고군분투하고, 사랑을 하고, 행진할 수 있기를 바란다. 내가 꿈꾸는 할머니다. 영화 찍는 웃긴 할머니.

조만간 감독님의 마지막 작품을 봐야겠다. 〈아네스가 말하는 바르다〉를.

나는 할머니 꿈을 꾼다

할머니는 꿈에 자주 나온다. 최근에는 함께 바닷가를 갔다. 처음엔 어떤 작은 웅덩이였는데 그걸 작은 바다라고 생각했다. 바다가 너무 작다고 실망하자 그 마을 사람들이 자존심이라도 상한 듯 저 골목으로 가보라고 했다. 할머니랑 같이 골목을 지나자 진짜 바다가 보였다. 항구가 있고 배가 보이는 파란 바다. 할머니랑 같이 바닷가를 거닐었다. 할머니랑 바다 온 거 처음이네, 진작 올걸, 하고 꿈에서 이미 할머니가 돌아가신 걸 안다는 듯이 생각했다.

얼마 전 꿈에서는 본가 식구들과 다 같이 동사무소에 갔다. 뭘 등록하러 갔는지는 모르겠는데, 할머니도 같이 갔다. 거기에는 직원들이 키워놓은 나무들이 있었고 열매가 달려 있었는데 할머니가 그걸 따먹었다. 나는 이래도 되나 싶었다.

꿈은 늘 그렇듯 맥락이 없다. 맥락 없는 이 꿈들 속에 하나의 맥락이 있다면 그리움이겠지. 이 그리움은 한동안 그저 그리움으로 맴돌았는데 이제는 더 좋은 사람이 되고 싶다는 동력이 되기도 한다. 기쁜 일이 있거나 뭔가를 해내면, 할머니 나 잘했지? 하고 속으로 말한다. 나쁜 일이 있을 때는 할머니, 그래도 그 사람한테 복수해주진 마세요 하고 말한다. 할머니가 복수를 한다면 엄청 무서울 거 같으니까.

할머니에 대해서 이렇게 마음 놓고 푹 빠져 생각해볼 기회가 없었다. 언제나 너무 깊이 빠지면 그것이 눈물로 이어질까 봐, 더 큰 슬픔으로 이어질까 봐 중간에 차단막을 두곤 했다. 근데 막상 기억을 되짚어 또렷이 생각하려고 노력해보니 슬픔 너머의 감정들이 온다. 나는 이걸 무어라고 부를 수 있을까.

가끔 술에 취하면 할머니 유튜버들을 찾아보았다. 그분들이 식사하시는 모습을 보면서 혼자 엉엉울기도 했다. 글을 쓰고부터는 한 번도 그러지 않았다. 할머니에 대한 애정은 더 커졌지만 막연한 슬픔보다는 또렷한 그리움과 사랑으로 안착한 듯싶다.

나는 무엇이 될까. 할머니가 될까. 어떤 할머니가 될까. 지나가는 사람에게 아무렇지 않게 말을 거는 할머니가 될까. 우리 할머니처럼 욕을 잘하는 할머니가 될까. 아네스 바르다 감독님처럼 영화를 계속 찍는 할머니가 될까. 흰머리는 염색을 할까,

흰 눈처럼 새하얗게 둘까. 눈 온 다음 날 우리 집 옥상처럼 하얀 머리에 듬성듬성 초록색 염색을 할까. 그때도 공연을 할까. 그때도 꿈을 꿀까. 할머니처럼 용한 꿈을 꿀까. 지금처럼 할머니 꿈을 꿀까.

살고 볼 일이다.

나를 만든 세계, 내가 만든 세계
'아무튼'은 나에게 기쁨이자 즐거움이 되는,
생각만 해도 좋은 한 가지를 담은 에세이 시리즈입니다.
위고, 제철소, 코난북스, 세 출판사가 함께 펴냅니다.

아무튼, 할머니

초판 1쇄 2022년 5월 30일
초판 4쇄 2024년 10월 21일

지은이 신승은
펴낸이 김태형
디자인 일구공
제작 세걸음

펴낸곳 제철소
출판등록 제2014-000058호
전화 070-7717-1924
팩스 0303-3444-3469

right_season@naver.com
instagram.com/from.rightseason

ⓒ 신승은, 2022

ISBN 979-11-88343-56-0 02810